Im Laufe der Zeit sammeln sich bei mir Gedankenansätze, Ideen, Satzfetzen und Geschichten, die manchmal Eingang in ein Buch finden und oft nicht. Es sind gewissermaßen „Dachbodenfunde" des Gedächtnisses. Darunter ist viel *Dummes Zeug*, doch auch hier und da *Besinnliches*. Genießen Sie die skurrilen, blödsinnigen, abstrusen und größtenteils völlig unnötigen Schnapsideen von Marco Toccato. Wenn Ihnen etwas davon hilft, schreiben Sie unbedingt an den Autor, der hat nämlich nicht damit gerechnet und wenn nicht, dann nicht.

Marco Toccato

 & Besinnliches

- Kurzgeschichten und „Dachbodenfunde" -

Bibliografische Information der Deutschen Nationalbibliothek: Die Deutsche Nationalbibliothek verzeichnet diese Publikation in der Deutschen Nationalbibliografie; detaillierte bibliografische Daten sind im Internet über

http://dnb.dnb.de

abrufbar.

ISBN
Paperback: 978-3-7557-5343-8
Herstellung und Verlag: BoD – Books on Demand, Norderstedt

1. Auflage November 2021
2. Auflage Februar 2022 (Korrekturen)

Alle Namen, alle Personen und die Handlung sind frei erfunden. Sollten Menschen ähnlich heißen oder Ähnliches erlebt haben, so ist das rein zufällig und unbeabsichtigt.

„Ein Tag ohne Lächeln ist ein verlorener Tag"

Soll Charlie Chaplin gesagt haben

„Träume sind Begierden ohne Mut"

Arthur Schnitzler

„Ich bin militant naiv! Naiv bis zur Aggressivität."

Marco Toccato

"Be kind to unkind people! They need it most."

Ein anonymer Sprücheklopfer

Dabei fällt mir auf, dass das Wort „Kind" im Englischen für freundlich steht. Das ist schön. Wenn man das nun so übersetzte:
„Sei Kind zu unkindlichen Leuten ...", würde es immer noch passen.

Wo geht's lang?

Ehrlich gesagt, weiß ich das auch nicht. Die Idee zu diesem Büchlein kam mir, als ich Folgendes auf Facebook fand:

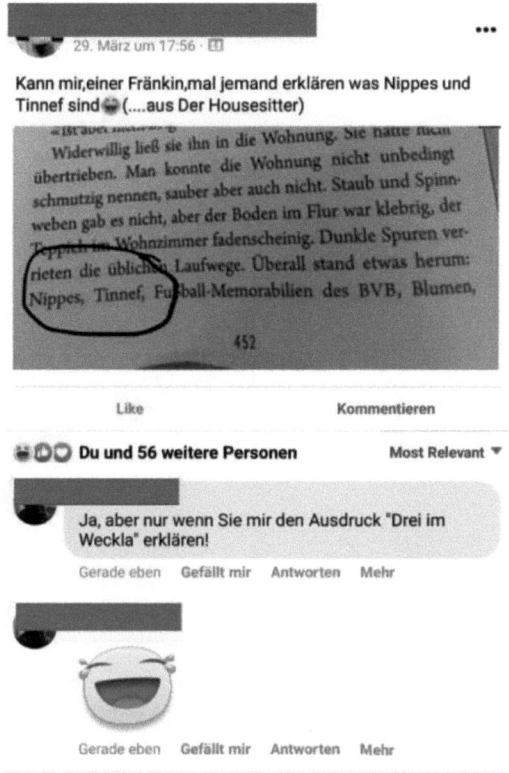

Ein guter Freund von mir hat der Fragenden geantwortet. Er hat ihr nicht die Worte „Tinnef" und „Nippes" erklärt , sondern nur mit einem für Franken landestypischen Begriff geantwortet. „Drei im Weckla" sind drei Nürnberger Bratwürstchen in einem Brötchen. Das ist echter Tinnef!

-:-

Der geneigte Leser wird hier schon ahnen, dass es in diesem Buch unter Umständen nicht nur ernsthaft zugeht. Keine Angst das ist nur unter Umständen so. Manchmal gibt es auch Ernstes.

Es sind nicht nur Ideen von *mir* im Buch, sondern auch Zitate, die mich beeindruckt, mir gefallen haben oder etwas ausdrücken, was in Resonanz mit einem meiner Gefühle ist oder war.

Schreibübung

Einige meiner Kurzgeschichten sind entstanden, als ich bei „Autorenwerkstätten" und ähnlichen Seminaren mitgemacht habe. Ich finde, die sind zum Wegschmeißen zu schade.

Es ist erstaunlich, welche Aufgaben sich die Leiter und Leiterinnen solcher Veranstaltungen ausdenken. Wahrscheinlich handelt es sich um Übungen, die sie selbst bei anderen eigenen Fortbildungsmaßnahmen kennengelernt haben. Egal, der Zweck heiligt die Mittel und manchmal sind die Ergebnisse, die sich meistens nach einer halben Stunde einstellen, verblüffend:

Aufgabe: *Schreibe eine Geschichte zum Thema „Löcher" (das war der Titel vom ersten blind aus meinem Regal gegriffenen Buch, übrigens ein sehr empfehlenswertes Jugendbuch von Louis Sachar) mit den weiteren Stichworten: Kirche, bunt, erschrecken und Wunder. Vermeide Klischeeausdrücke!*

JESO in der Kirche

Als er die Tür zur *Kirche* öffnete, konnte er nicht glauben, was er sah. Er blieb erstaunt stehen. Es war kein *Wunder*, dass er *erschrak*, denn im Gotteshaus trieben es einige Jugendliche *bunt*.

Einige hatten Bohrmaschinen und bohrten scheinbar wahrlos *Löcher* in die Kirchenbänke. Andere zogen etwas hindurch, was er nicht erkennen konnte. Ein Ghettoblaster lief und spuckte aggressiv Hiphop-Sequenzen laut wie Düsenjäger in den sakralen Raum.

Er wusste nicht, was er tun sollte. Er war empört. Sollte er einschreiten? Dann würden sie womöglich über ihn herfallen. Oder sollte er besser erfragen, welchen Sinn das hatte?

Bevor er einen Entschluss fassen konnte, löste sich der Spuk auf. Der Pfarrer kam mit einem kleinen, hageren Männchen mit grauer Wallemähne aus der Sakristei. Beide gingen in die Mitte des Kirchenschiffes. Das Männchen betätigte einen Schalter. Es war wie ein Wunder, die Kirchenbänke erhoben sich in die Luft, ohne dass er sehen konnte, wie es passierte, als würden sie an Fäden hochgezogen.

Es dauerte einige Zeit, bis das Männchen mit seinem Arrangement zufrieden war. Die Bänke hingen schräg und über Kreuz wie schwerelos im Raum. Dann signierte er auf dem Steinboden mit seinem Namen „JESO", bevor er alles fotografierte.

-:-

Eine weitere gern genommene Übung sind sogenannte Assoziationsketten.

Aufgabe: *Beginne mit dem Wort „Ponyhof" und assoziere frei weitere Wörter dazu:*

Assoziationskette „Ponyhof"

Ponyhof, Leben, Tod, Mord, Aufklärung, Detektiv, Büro, Computer, Texten, Cover, Foto, Kamera, Objektiv, subjektiv, neutral, engagiert, jähzornig, ruhig, beruhigen, einschläfern, Tierarzt, Hund, Knochen, Fleisch, Wurst, Pelle, Haut, schlagen, streicheln, kitzeln, schmusen, drücken, liebhaben, hassen, shitstorm, dumm, klug, belehrend.

Dabei ging mir durch den Kopf:

Ein Ponyhof ist es nicht, das Leben. Es endet mit dem Tod, manchmal durch einen Mord. Aufklärung bringt ein Detektiv zum Teil in seinem Büro mit dem Computer. Ich nutze den Computer allerdings zum Texten und zum Schluss kommt das Cover, für das ich meistens eines meiner Fotos nehme, die ich mit meiner Kamera gemacht habe. Eines meiner Objektive macht besonders schöne Portraits, aber das ist nicht *objektiv*, sondern meine subjektive Meinung. Neutral betrachtet sind meine Fotos vielleicht nichts Besonderes. Aber ich bin, was das angeht, so engagiert, dass ich fast jähzornig werden kann. Dann muss ich ruhig werden, mich beruhigen, aber nicht einschläfern. Einschläfern macht ein Tierarzt zum Beispiel bei alten Hunden. Wenn sie so alt und krank sind, dass sie sich nur noch quälen und keine <u>Knochen</u> mehr kauen können, manchmal nicht einmal <u>Fleisch</u>, aber <u>Wurst</u>, ich meine so mit <u>Pelle</u>. Die ist dünn wie <u>Haut</u>, aber aus Darm. Manchmal *haut* einer auf Haut, dann <u>schlägt</u> er jemand anderes. Dabei ist Haut zu <u>streicheln</u> und jemanden zu <u>kitzeln</u> viel schöner. Man sollte Andere besser in den Arm nehmen, <u>drücken</u> und <u>liebhaben</u>. <u>Hassen</u> ist negativ und führt zum Beispiel zu einem <u>Shitstorm</u> in den sozialen Medien. Hass ist <u>dumm</u>. <u>Klug</u> dagegen ist es, mit Rücksicht Kritik zu üben und nicht <u>belehrend</u>.

Sehnsucht und Hoffnung auf Erfüllung

Manchmal entstanden ganze Geschichten aus den Übungsaufgaben. Immer dann, wenn die halbe Stunde nicht genug war und ich meinte, es wäre ein wertvolles Thema, habe ich später eine Geschichte daraus komplettiert, so wie hier bei der Stichwortvorgabe „Sehnsucht":

Opa und Lena

„Opa, was ist Sehnsucht?"

"Wie kommst du darauf, Schatz?"

"Im Fernsehen sagen sie, dass heute Abend ein Film „Endstation Sehnsucht" gezeigt wird. 'Endstation' kenne ich vom Straßenbahnfahren, aber 'Sehnsucht' nicht."

"Hm, wie erklär ich das? Also Sehnsucht ist, wenn man was ganz feste will und nicht kriegen kann. Dann sehnt man sich danach und ist richtig süchtig darauf, es zu bekommen. Deshalb 'Sehn' und 'sucht'."

"Ach ich dachte, das hätte was mit Seen und suchen zu tun."

"Ha, ha! Aber das könnte es auch, denn wenn du es magst, zu Seen zu reisen, um zum Beispiel darin zu baden und du suchst sie ... Aber nein, das ist Quatsch! Nochmal! Es gibt viele Menschen, die gerne ans Meer fahren und wenn sie das nicht können, weil sie arbeiten müssen oder so, dann sehnen sie sich nach dem Meer. Das kann so schlimm sein, dass sie an nichts anderes mehr denken können, genauso, als wären sie süchtig danach. Wenn man süchtig ist, dreht sich für einen alles nur darum, das zu bekommen, was man sich ersehnt. Man kann an nichts anderes mehr denken."

"Ja, das weiß ich, der Papa sagt immer, die Oma ist süchtig nach Schokolade."

"Ha, ha, ha! Du kriegst wohl alles mit, hast deine Ohren überall, Lena? Also, die Oma isst sehr gerne Schokolade, aber dass sie danach süchtig ist, ist übertrieben. Es kann aber sein, dass es Momente gibt, wo Oma ganz doll an Schokolade denkt und gerne welche hätte. Dann hat sie Sehnsucht danach."

"Gut! Das verstehe ich. Ich will auch manchmal unheimlich gerne Chips essen. Dann kann ich nur noch an Chips denken."

"Genau! Das ist Sehnsucht."

Ferien

Einige Jahre sind vergangen. Lena fährt zum ersten Mal ohne ihre Eltern in die Ferien. Es geht in ein Sommercamp mit ihren Freundinnen aus dem Fußballverein.

Sie sind im Sauerland und zelten auf einer großen Wiese in der Nähe eines Fußballplatzes. Nicht nur sie und ihre Mannschaftskameradinnen sind dort, sondern noch andere Vereine, Jungs und Mädchen. Zum Schluss wird ein Turnier veranstaltet. Sie zelten auf einer Wiese, die auf einem Hügel liegt. Auf der einen Seite ist das Stadion, in dem sie morgen gegeneinander kämpfen werden. Am anderen Ende der Wiese beginnt der Wald. Es ist schön hier und die Mädchen sitzen abends vor ihren Zelten und sehen ins Tal, über dem die Sonne untergeht.

-:-

Für den nächsten Tag ist eine erste Spielrunde angesetzt, bei der nacheinander je zwei Mannschaften gegeneinander antreten, jede Mannschaft gegen jede. Abends sind Lena und ihre Freundinnen auf Platz zwei. Morgen wird die Jungenmannschaft, die auf Platz eins ist, gegen sie spielen. Es geht um den Gewinn des Turniers. Aber zuvor spielen zwei andere Mannschaften um den dritten Platz.

Den ganzen Tag über war Lena zu beschäftigt. Doch am Abend vor dem Einschlafen fallen ihr Papa und Mama ein. Sie möchte so gerne zu ihnen, aber das geht nicht. Sie hat Heimweh. 'Ja, ich sehne mich nach ihnen und danach, zuhause zu sein', denkt sie. Und dann fällt ihr der Opa ein und ihr Gespräch mit ihm über ‚Sehnsucht' vor vielen Jahren. Auch nach dem Opa sehnt sie sich nun. Sie versteht nun richtig, was mit 'Sehnsucht' gemeint ist. Tränen fließen, ohne dass sie es verhindern kann. Ihre Freundinnen dürfen nichts merken. Es geht ihr schlecht. Sie vermisst ihre Lieben zuhause. Und dann ist sie eingeschlafen.

-:-

Sie wacht auf. Die Tränen sind getrocknet. Es ist der dritte Tag im Zeltlager. Nachts war es kalt und der Boden unter den Isomatten hart. Das hat ihr nichts ausgemacht, sie hat sich daran gewöhnt. Die Stimmung ist gut und erwartungsvoll. Heute geht es um Platz eins bis drei im Turnier. Sie wäscht sich hastig und putzt die Zähne nicht sehr gründlich. Sie hat jetzt keine Zeit, auch nicht, um an ihr Zuhause zu denken. Beim Frühstück geht es richtig rund. Wenn sie sich nicht beeilt, kriegt sie nur noch eine letzte wellige, trockene Brotscheibe ab und die Wurst ist weggegessen.

Morgens trainieren die vier übriggebliebenen Mannschaften zusammen im Stadion, jede in ihrem Bereich. Weiter weg sieht sie die gegnerische Mannschaft. Es sind die Jungen, gegen die sie gestern verloren haben. Heute werden sie ihnen zeigen, was sie können. Das gestern war nur ein Ausrutscher.

Lena stockt mitten im Lauf nach dem Ball. 'Wer ist denn das?' Sie sieht einen Jungen, der größer und kräftiger als die anderen ist. Gestern war er nicht dabei. Es ist lustig, ihn laufen zu sehen, denn seine lockige, blonde Mähne wippt bei jedem seiner Schritte. Aber er bewegt sich so geschmeidig und schnell wie kein anderer.

"Aua! Was soll das?" Sie wird aus ihrem Tagtraum gerissen. Bianca hat ihr den Ball an den Kopf geworfen.

"Machst du noch mit oder willst du dir lieber diese Stümper dahinten angucken? Die werden wir heute in Grund und Boden spielen. Aber dafür müssen wir alle trainieren, auch du. Also los!" ‚Bianca hat recht. Was ist nur mit ihr?' Sie hat so ein komisches Gefühl.

Der Tag fliegt schnell dahin. Sie essen zu Mittag und danach geht es ins Stadion. Die Mannschaft, die bisher dritte ist, spielt gegen die auf Platz vier.

Die beiden Gegner schenken sich nichts. Lange bleibt es spannend und tatsächlich schießt in der letzten Minute ein kleiner, dünner Kerl der Vierten einem Verteidiger der Dritten den Ball ans Knie und der springt ins Tor. Damit gewinnen die ehemals Vierten 2:1 und sind auf dem dritten Platz. Bronzemedaille!

Bianca beugt sich zu Lena rüber: „So ähnlich machen wir das nachher auch, wirst sehen. Auch wenn wir gestern gegen die verloren haben, heute dreht sich das Blatt." Und sie geben sich die Fünf.

Die Freundinnen und Lena sind kribbelig und motiviert bis in den kleinen Finger. Die Aufregung wächst. Sobald die Pause rum ist, spielen die Ersten gegen die Zweiten.

Nervenzerreißend!

Anstoß! Bianca spielt zu Lena rüber und die startet auf der linken Seite einen Lauf Richtung gegnerisches Tor. Lena ist schnell. Sie ist schon auf Höhe des Sechzehnmeterraums, Bianca lauert in der Mitte vor dem Tor der anderen, leider noch im Abseits. Lena kann nicht abspielen, sie muss noch weiter bis fast zur Eckfahne. Sie steht, dreht sich zur Mitte und will gerade flanken, da werden ihr die Beine weggestoßen.

‚Mein Bein ist gebrochen!', denkt sie voller Angst. Lena hat große Schmerzen. Sie dreht sich auf den Rücken und zieht ihr rechtes Bein an den Körper. ‚Sieht alles ganz normal aus.' Sie fühlt am Schienbein. Das tut zwar höllisch weh, aber gebrochen ist nichts. Gott sei Dank!

Als sie aufblickt, schaut sie in das hasserfüllte Gesicht eines rotblonden, pickeligen Jungen mit spitzer Nase und vorstehenden Zähnen. Er spuckt vor ihr aus und murmelt leise: „Merk dir das! Mir läufst du nicht davon und nächstes Mal stehst du nicht mehr allein auf."

Er grinst und geht weg. Niemand hat etwas davon bemerkt.

Die Mädchen bekommen einen Freistoß. Bianca steht schon am Elfmeterpunkt und signalisiert Lena, sie soll so schnell wie möglich die Flanke als Freistoß nachholen.

Lena beißt die Zähne zusammen, denn das Schienbein tut weh. Sie springt auf und zirkelt den Ball blitzschnell zum Elfmeterpunkt. Bianca nimmt in Volley, 1:0!

Die beiden Mädchen liegen sich in den Armen und als Lena über Biancas Schulter schaut, sieht sie wieder den Rothaarigen. Sein Gesicht ist blass mit roten Flecken und sein Hals sieht aus wie angeschwollen. Sie kann sich ein Siegeslächeln nicht verkneifen.

Als sie den Kopf ein wenig dreht, steht der große Junge mit den blonden Locken in ihrem Blickfeld und schaut nachdenklich zu ihr. Nun lächelt er und hebt den rechten Daumen, so als wollte er ihr heimlich gratulieren.

„Lena! Leee-na komm!"

Biancas Rufe holen sie in die Realität zurück. Sie schlendert zum Anstoßpunkt.

„Mensch haut rein, Das Spiel geht weiter.", ruft Julia, die Mannschaftskapitänin.

Der Rote steht an der Mittellinie, in der Mitte ist der Lockenkopf, der nun den Anstoß ausführt. Kaum rollt der Ball, stürmt der Rote auf sie zu und tritt ihr auf den linken Fuß. Sie spürt die harten, spitzen Stollen und fällt. ‚Meine Güte tut das weh. Sie rollt hin und her und hält sich dabei den Fuß.

Der Schiedsrichter hat gepfiffen und pickt sich das Freundchen heraus. Er zeigt ihm die rote Karte. Als der danach langsam Richtung Seitenaus geht, sieht Lena, dass der Große ihm den Arm um die Schulter legt, als wollte er ihn trösten. Doch dann schaut er sich kurz um und gibt ihm eine Kopfnuss, dass der Rote aufschreit. Außer Lena hat das scheinbar niemand gesehen.

Nun kommt der Lockenkopf zu ihr, hockt sich neben sie und fragt, ob er ihr helfen kann. „Entschuldige! Der spinnt immer rum. Jedes Mal fängt er Streit an und fast jedes Mal fliegt er auch vom Platz. Gib mir deine Hand!", und er zieht sie vorsichtig auf die Beine. Seine Hand ist groß, trocken und warm. Sie möchte nicht mehr loslassen. Doch er ist schon weg, zurück in die eigene Spielhälfte.

Sie haben einen Freistoß von der Mittellinie bekommen. Julia wird ihn ausführen. Sie hat Lena vorher angezeigt, dass sie auf ihre rechte Seite in der gegnerischen Hälfte gehen soll. Bianca lauert ebenfalls im Mittelfeld und versucht einem Jungen wegzulaufen, der ihr auf den Hacken bleibt.

Julia spielt einen Traumpass zu Lena, die sich Richtung Tor dreht und ihn mitnehmen will. Doch da spitzelt ihn jemand vor ihr weg, umläuft sie und startet einen Wahnsinnssprint Richtung Tor der Mädchen.

Obwohl linker Fuß und rechtes Schienbein schmerzen, gibt Lena alles. Der Lockenkopf ist auch mit dem Ball am Fuß schnell und sie kann mit Mühe auf gleicher Höhe bleiben. Er zieht nun von der linken Seite in die Mitte. Dadurch kann sie einen Meter gut machen und ist nun etwas vor ihm. Da stoppt er mitten im Lauf, Lena läuft an ihm vorbei und er startet in ihrem Rücken Richtung Tor. Er läuft allein auf Mia, die Torhüterin zu. Lena versucht wieder aufzuholen. Sie könnte ihm die Ferse wegtreten ... wenn er nicht wieder einen Haken schlagen würde. Unheimlich elegant dreht er sich um den Ball und deckt ihn mit seinem Körper in den nun Lena hineinrennt. Ihr bleibt die Luft vom Zusammenprall weg und sie kann nur noch zuschauen, wie er kurz aufblickt, den Ball vom rechten Fuß vorspringen lässt und mit einem Schuss aus 20 Metern in einem unglaublichen Bogen oben rechts ins Tor von Mia knallt. Da war nichts zu halten.

Es steht 1:1. Das Publikum tobt. Keiner sitzt mehr. Es ist erst die 14. Minute.

Doch so geht es leider nicht weiter. Die Jungs verteidigen zu zehnt mit allen Mitteln und halten sich zurück. Den einen oder anderen Konter von ihnen stoppen die Mädchen schnell, aber ihre Angriffe verpuffen vor den dichten Verteidigerreihen.

Auch die Verlängerung bringt nichts. Die Jungs machen das gut und retten sich zu zehnt gegen elf ins Elfmeterschießen.

-:-

Die Mädchen beginnen und den ersten Elfer soll Lena schießen. Ihr zittern die Hände und die Knie drohen nachzugeben.

‚Wohin wird der Torwart springen, nach rechts oder links?' Sie hätte ihn beobachten sollen, als sie gemeinsam auf dem Platz waren und trainiert haben. ‚Ich hab's, er ist nach rechts gehechtet. Ich werde es trotzdem auf Mann kurz über seinen Kopf versuchen.'

Lena geht nach links hinter den Ball. Der Schiedsrichter gibt den Ball mit einem Pfiff frei, den sie kaum wahrnimmt. Sie läuft in einem Bogen von links so zum Ball, dass es aussieht, als wollte sie ihn mit der rechten Fußinnenseite unten links reinhauen. Ihr Anlauf dauert irre lange. ‚Es sind doch nur vier Meter?' Die Zeit scheint stehen zu bleiben. Alles geschieht wie in Zeitlupe.

Der Torwart dreht sich minimal, als wollte er nach rechts hechten und Lena freut sich. Sie stoppt und schießt mit dem Spann genau in die Mitte, als wollte sie seinen Kopf treffen.

Aber der Kerl bleibt einfach stehen und hebt seine Hände mit den großen Handschuhen hoch. Der Ball prallt ab. Geistesgegenwärtig springt Lena nach vorne und ist fast am Ball, als der Torwart ihn mit einem Sprung vor ihr wegfischt.

Mist! Erste Chance vergeben und eine zweite kriegt sie heute bestimmt nicht. Sie hat sich vor Wut und Enttäuschung auf den Boden geworfen und will eigentlich nur noch heulen. Der Schiedsrichter kommt und drängt sie, aufzustehen und den Strafraum freizugeben. Mia steht schon im Tor. Sie signalisiert ihr, dass alles gut ist und sie Lenas Schnitzer ausbügeln wird.

Als Lena vom Elfmeterpunkt weggeht, begegnet sie auf halber Strecke Patrik, so heißt nämlich der Lockenkopf. Seine Kollegen feuern ihn an. „Tu ihn rein, Patrik! Patrik tu ihn rein!"

„Du wolltest zu viel!", zischt er ihr zu und „Pech gehabt!"

Er sieht absolut cool aus, wie ein Gladiator, der genau weiß, dass er als Letzter und erfolgreich aus der Arena gehen wird. Sie steht nun am Rand und kann nicht mehr wegsehen.

Patrik legt sich ganz ruhig den Ball auf den Punkt, stellt sich unmittelbar dahinter und ohne Anlauf, mit einer ungeheuer schnellen, kaum wahrnehmbaren Bewegung ist er ein wenig nach rechts getreten und sein linker Fuß kommt wie ein ideales Pendel mit großer Zentrifugalkraft aus der Hüfte gegen den Ball. Vollkommen ansatzlos. Mia hat keine Chance. Der Ball fliegt mit hoher Geschwindigkeit gen oberen, rechten Torwinkel.

Doch was ist das? Mia wird länger und länger, als würde sie aufgepumpt und fliegt in die richtige Ecke. Sie kommt mit der Spitze ihres Mittelfingers an den Ball. Es reicht gerade so, dass der an die Latte klatscht. Damit hätte keiner gerechnet, Lena am allerwenigsten. Mia hatte nicht zu viel versprochen.

Doch Patrik scheint nicht enttäuscht zu sein. Er geht zu Mia und klopft ihr auf die Schulter. „Wir haben beide unser Bestes gegeben, aber dein Bestes war besser. Stark!"

-:-

Das Elfmeterschießen geht weiter. So eine spektakuläre Abwehr gelingt Mia leider nicht nochmal. Alle folgenden Elfer werden verwandelt, aber Gott sei Dank auch die der Mädchen.

Lena bekommt doch noch eine zweite Chance. Wenn sie jetzt trifft, haben sie gewonnen. Nun wird mittlerweile per Sudden

Death entschieden. Der erste verwandelte Elfer ab jetzt entscheidet das Spiel.

Wieder ist sie aufgeregt. Doch dann denkt sie daran, wie Patrik zum Punkt gegangen ist. Sie reißt sich zusammen und wirkt plötzlich ganz ruhig. *Du wolltest zu viel!*, hat er gesagt. Mach ich jetzt was ganz Einfaches? Er hat es bestimmt seinem Torwart gesagt, dass er mir den Tipp gegeben hat. Also hau ich ihn in die obere linke Ecke oder?' Das alles schießt ihr in weniger als einer Sekunde durch den Kopf.

Wieder geht sie nach links hinter den Ball. Es wirkt so, als wollte sie den Elfer vom ersten Mal wiederholen.

Wieder läuft sie von links im Bogen zum Ball und schießt den Ball mit dem rechten Spann in Kopfhöhe in die Mitte. Wieder!

Diesmal ist der Torwart nach rechts gesprungen. Seine Hände sind weit weg vom Ball. Doch der knallt schräg unter die Latte, springt nach hinten und prallt in einem unmöglichen Winkel vom Boden nach vorne in den Fünfmeterraum.

War er im Tor oder nicht?

Der Schiedsrichter schüttelt den Kopf. Lena liegt enttäuscht auf dem Boden und schlägt immer wieder mit der Faust auf die Erde.

Da geht der Lockenkopf zum Schiedsrichter und sagt ihm was. Der Schiedsrichter stockt und schaut den Jungen groß an. Er winkt den Linienrichter herbei und beide gehen zum Tor an die Stelle, wo der Ball gegen die Latte flog.

Der Schiedsrichter bückt sich und sammelt etwas hinter der Torlinie auf. Er ruft Julia und Patrik, die beiden Mannschaftskapitäne zu sich.

Himmelkruzitürken! Was reden die da. Das ist nicht mehr auszuhalten. Man sieht, dass Patrik nickt. Der Elfer war wohl nicht drin. Julia schaut ungläubig von einem zum anderen. Der Schiedsrichter zieht Schultern und Arme hoch, seine Handflächen zeigen nach oben, so als wollte er sagen ‚Was soll ich denn machen?‘ Der Linienrichter grinst und schüttelt fassungslos den Kopf. Patrik lächelt nun auch und Julia stürmt zu Lena.

Der Ball war drin und ist innen mit deutlichem Abstand von der Torlinie auf einen Behälter mit Kolophonium getickt und von dort wieder nach außen abgeprallt. Die Dose muss dem Torwart aus der Tasche gefallen sein.

Alle Mädchen laufen zum Elfmeterpunkt. Sie reißen Lena hoch, werfen sie immer wieder in die Luft und fangen sie auf. Einmal, als sie in der Luft ist, sieht sie den Roten wie er am Spielfeldrand ausspuckt und auf den Boden stampft. Kurz bevor er sich wegdreht, schickt er einen hasserfüllten Blick zu Patrik.

Nun steht Lena wieder auf eigenen Füßen. Sie kann es nicht fassen, schaut zu Boden und schüttelt den Kopf, während langsam ihre Anspannung abflaut. Da sind plötzlich zwei Füße in ihrem Blickfeld. Sie schaut auf und blickt in die strahlend blauen, lächelnden Augen von Patrik. Fast wäre sie ihm um den Hals gefallen. Sie hat schon eine Bewegung auf ihn zu gemacht.

‚Hat er das gemerkt? Egal!‘

„Sag mal, was hast du zum Schiedsrichter gesagt?“

„Mir ist nur aufgefallen, dass der Ball so komisch rausgetickt ist. Das konnte nicht sein. Darauf habe ich ihn aufmerksam gemacht. Peter, unser Tormann benutzt Harz an den Handschuhen, um einen sicheren Griff zu haben. Als ich dann ins Tor blickte, war mir klar, was passiert ist.“

„Aber du bist doch verrückt! Mit deinem nächsten Elfer hättest du das Spiel gewinnen können.“

„Ja, das schon, aber ich wäre mir nie sicher gewesen, ob wir es auch verdient hätten. Und außerdem wart ihr besser, auch wenn wir zu zehnt dichtgemacht hatten. Der Star bist heute du. Es war vor allem dein Werk und du hast es verdient.“

„Ich weiß gar nicht, was ich sagen soll", stammelt sie nun und wird rot. Eine Pause entsteht, beide sagen nichts und dann sprechen sie gleichzeitig: „Ich …", und „Ich …"

„Du zuerst!", sagt er nun.

„Nein, bitte sag du, was du sagen wolltest."

„Ich finde dich toll. Hast du heute Abend schon was vor?"

Sie wird dunkelrot. Ihre Ohren sind heiß.

„Ähm … ja … doch, wir feiern heute Abend unseren Sieg. Ich weiß nicht, was die anderen sagen, aber ich würde mich freuen, wenn du etwas später auch kämst. Bis dahin kann ich sie vorbereiten."

„Uih! Ich glaube, da kriege ich Stunk mit wenigstens einem von den Jungs … aber was soll's, der ist mir egal. Ihr habt gewonnen und damit gut. Ich schau mal, ob nicht der eine oder andere Kollege mitkommen möchte."

„Mensch, das wäre gut. Vielleicht kriegen wir irgendwie Musik hin und was zum Grillen. Dann feiern wir zusammen. So knapp wie das heute ausgegangen ist, habt ihr das mehr als verdient."

Sie trennen sich und Lena wird es bange. ‚Wie soll sie das den Freundinnen beibringen?', zuerst wird sie mit Bianca sprechen und dann mit Julia und danach wird man schon sehen.

Liebe? – Liebe!

Es ist eine Überraschung. Ihre Trainerin Maria Leutner hatte heimlich beim Dorfmetzger Grillwürstchen, Bauchfleisch und Lammkoteletts bestellt. Als die Mädchen staunen, sagt sie nur „War doch klar, dass wir siegen. Das muss man doch feiern können."

Es gibt Limo und Cola und für Musik hat der junge Bauer, dessen Wiese sie belegt haben, gesorgt. Er hat einen Verstärker und ein paar Lautsprecher hergezaubert und mit den Playlists ihrer Handys reicht das Programm wenn nötig tagelang.

Auffällig ist, dass der Bauer nicht von Frau Leutners Seite weicht. Kein Wunder, die Leutner ist gerade Mitte dreißig und hat eine sportliche Figur. Ihre raspelkurzen, fast schwarzen Haare umgeben ihren Kopf wie eine dichtgestrickte Mütze aus feinsten Seidenfäden.

Bianca ist erst etwas reserviert, als Lena ihr sagt, dass sie Patrik eingeladen hat. Als sie aber sagt, dass er eventuell noch ein paar Kumpels mitbringen wird, findet sie das plötzlich gut. Komisch?

Julia findet es sofort in Ordnung und Frau Leutner zieht erst die Stirn in Falten. Dann sagt sie: „Aber ich muss mich auf euch verlassen können! Ihr wisst schon was ich meine oder?"

Die drei werden rot und nuscheln, dass sie keinen Quatsch machen würden.

Die ersten Würstchen sind vertilgt. Das Bier blieb weitestgehend unberührt, denn bisher hatte sich nur der Bauer eines genommen. Da sieht Lena, wie eine ihrer Mannschaftskameradinnen einer anderen den Ellenbogen in die Rippen stößt und große Augen macht. Sie dreht sich um und sieht Patrik am Rand von ihrer Parzelle stehen. Hinter ihm stehen ganz verlegen fast alle seine Kumpels. Nur einen kann sie nicht sehen, diesen rothaarige Giftbolzen.

Jetzt bekommt sie feuchte Hände und geht zögernd zur Gruppe der wartenden Jungen. Doch Frau Leutner löst das Problem routiniert und freundlich.

„Schön Jungs, dass ihr gekommen seid. Ihr habt euch das Feiern genauso verdient, wie meine Mädels. Nehmt euch was vom Grill und zu trinken und setzt euch zu uns.

Ach noch was: Macht keinen Quatsch! Ich sehe alles. Und jetzt viel Spaß."

‚Was mache ich jetzt? Gehe ich einfach zu ihm hin oder warte ich, ob er zu mir kommt? ICH.WEIß.ES.NICHT! Ich habe sowas noch nie gemacht.'

Ihr Problem wird größer. Ihre Mannschaftskameradinnen sind schon aufgestanden und schlendern den Jungs entgegen. Die meisten sammeln sich um Patrik.

‚Ist klar! Du überlegst und denkst und machst nichts und dann ist er weg … mit einer anderen. Aber soll ich mich jetzt ins Gemenge stürzen? Wie sieht das denn aus? Ach, ich kann das einfach nicht, mich da so ranschmeißen.' „Hach ja!"

Den Seufzer hat sie laut von sich gegeben und sich weggedreht.

„Hast du es schwer?", fragt sie jemand hinter ihr.

Sie kann es nicht glauben. Es ist Patrik. Drei Mädchen hinter ihm ziehen einen Flunsch und drehen ab

„Ich habe uns zwei Würstchen geholt. Du hast sicher Hunger nach dem Spiel oder willst du was anderes?"

„Nein, Würstchen sind ideal. Willst du ein Bier? Ich auf jeden Fall", und sie geht zu den Getränken.

„Ja bitte, bring mir eins mit. Ich setze mich hier hinten auf den Baumstamm, okay?"

Sie kommt mit zwei Bier zurück und erst essen sie schweigend ihre Würste. Als die weg sind, trinken sie abwechselnd verlegen aus den Flaschen. Das Schweigen liegt wie eine dicke Mauer zwischen ihnen. Sie gibt sich einen Ruck.

„Wie alt bist du Patrik? Du siehst älter als die anderen aus."

„Sechzehn bin ich letzte Woche geworden und du?"

„Letzte Woche? Dann Herzlichen Glückwunsch nachträglich. Ich bin schon fa … ach Quatsch, ich bin vierzehn. Du spielst unheimlich cool, finde ich."

„Äh, danke, aber was du so ablieferst, ist auch nicht schlecht. Du könntest glatt in einer Jungenmannschaft mitspielen.", sagt er und ganz leise „und du siehst klasse aus, hmch!", räuspert er sich.

„Was hast du gesagt? Ich habe das nicht richtig hören können."

„Ich habe gesagt", und er räuspert sich wieder, bevor er nun klar, deutlich und gut hörbar sagt; „du siehst gut aus!"

Lena wird rot und sagt, „Lass uns über was anderes reden. Welche Musik gefällt dir?"

Damit hat sie einen Treffer gelandet. Musik ist sein zweites Hobby. Er spielt Gitarre und singt in einer Band. Sie hat mit ihrer Frage den Stöpsel aus einer Flasche gezogen, aus der nun wie ein Dschinn ein begeisterter Redefluss über Curt Cobain und Nirvana aufsteigt und sich so klar materialisiert, dass sie unbedingt etwas von dieser Band hören will.

Patrik steht auf, geht zur Anlage und stöpselt sein Handy an. „Come as you are", ertönt aus den Lautsprechern. Einige Jungs scheinen das zu kennen und Frau Leutner klatscht in die Hände „Super! Nirvana! Endlich richtige Musik!", und sie geht zu einer freien Fläche, zu der sie den Bauern mitschleift. Und sie beginnt zu tanzen. Es dauert nicht lange und einige Mädchen folgen, teilweise mit einem Jungen, aber auch allein und zu zweit zusammen.

Lena weiß nicht, was sie tun soll, aber Patrik steht nun auch bei den Tanzenden und winkt sie zu sich.

Dann bewegen sie sich gemeinsam. Das geht ganz leicht, obwohl sie bisher noch nichts von Nirvana gehört, geschweige denn danach getanzt hat. Sie bewegen sich wie aneinandergebunden. Beugt er sich, lehnt sie sich zurück, springt er, geht sie tiefer. Ihre Köpfe werfen sie synchron hin und her und Lena wird ein wenig benommen davon. Nun umarmt sie Patrik und sie bewegen sich langsam und eng aneinandergepresst zur Musik.

Es ist eine Art Rausch für sie und nah an ihrem Ohr hört sie Patrik singen. Er kennt die Texte alle. Nun bleibt er stehen. Sie fragt sich warum und kehrt langsam aus ihren tiefsten Gefühlen auf, wie ein Taucher der den Druckausgleich beachtet.

„Komm, wir setzen uns wieder. Ich möchte dir so viel erzählen.", nimmt er sie an die Hand zu einem Platz etwas abseits, wo eine Luftmatratze liegt.

Sie will sich nicht setzen, das ist so nah am Boden unbequem und sie legt sich deshalb. Patrik liegt ganz nah an ihrer Seite. Er streicht ihr vorsichtig die Haare aus dem Gesicht und schaut ihr in die Augen.

Sie muss gar nichts sagen, er weiß alles, kennt sie, holt alles aus ihr raus mit diesem Blick. Es gibt keine Zeit mehr, nur ein Jetzt!

Da hört sie Frau Leutner rufen: „Mädels ab ins Bett. Es ist ein Uhr und morgen müsst ihr packen. Der Bus kommt früh um neun."

Lena schlingt aus einem Impuls heraus ihre Arme um Patrik und drückt ihn an sich. Sie küssen sich und es ist, als würden sie fliegen. Sie spürt den Boden nicht mehr, riecht nicht das Gummi der Luftmatratze, hört keine Musik mehr. Die Welt ist weg. Sie beide sind für diesen unheimlich langen, kurzen Moment allein.

Patrik steht nun auf und hilft ihr beim Aufstehen. Sie drückt sich wieder an ihn und sie gehen in Richtung der anderen, die sich alle schon zum Weggehen abgewendet haben.

Noch einmal nimmt er ihr Gesicht in beide Hände. Sie fühlen sich wieder angenehm warm und trocken an. Er gibt ihr einen kurzen Kuss. Dann sagt er „Schade! Ich muss weg … Mach's gut Lena. Ich möchte dich gerne wiedersehen."

„Ich dich auch, aber wie?"

„Du wirst sehen!", und er geht hinter seinen Freunden her, die schon auf dem Weg zu ihren Zelten sind.

‚Ist das Liebe? Wenn doch Opa da wäre, den könnte ich fragen. Ich möchte am liebsten hinter Patrik herlaufen, mich nicht mehr von ihm trennen. Er fehlt mir schon jetzt.'

Sehnsucht? – Sehnsucht!

Tags drauf geht alles ganz schnell.

Als Lena wach wird, ist der Bus schon da. Von dort hört sie eiliges, drängendes Rufen. Sie schmeißt alles, was sie auf die Schnelle findet, in ihren Rucksack und folgt den anderen. Auf dem Weg kann sie gerade noch ein Stück Brot und eine Plastikflasche mit Wasser greifen. Wie eine Herde Schafe auf dem Weg zum Schlachthaus trotten die Mädchen zum Bus und gehen hinein. Sie sind alle noch nicht ganz wach nach dem langen Abend. Einige maulen: „Es ist grad Viertel nach acht! Warum so früh?"

Eigentlich hätten sie eine Dreiviertelstunde später fahren sollen, aber es gab eine Umstellung. Der Fahrer muss früher zurück sein, um für einen Kollegen einzuspringen. Sie sind kaum drin und von Frau Leutner durchgezählt, da schließen sich schon die Türen und sie fahren los.

Weiter hinten sieht sie Patrik und zwei andere Jungs in ihre Richtung laufen und als sie sich umschaut, sieht sie zwei ihrer Freundinnen, die schmachtend wie sie aus dem Fenster schauen.

Eine, Bianca ruft laut: „Können Sie bitte noch einen Moment anhalten? Nur für zwei Minuten, bitte!"

Aber der Fahrer hat es nicht gehört oder tut so, als hätte er nichts gehört.

Lena rennt nach vorne zu ihm und spricht ihn an: „Bitte, es sind nur zwei Minuten. Wir wollen uns von den Jungen nur verabschieden und die Adressen austauschen."

„Weisste Mächen, das wird schon. Jungs kommen und gehen. Wenne zuhause biss, haste se schon vagessn. Ich kann nich anhaltn. Ich muss vorran machen. Und jetzt setz dich wieder hin! Hier kannze nich stehnbleibn."

Lena geht mit hängenden Schultern zurück und lässt sich auf ihren Sitz fallen. Sie drückt ihr Gesicht in die hohe Kopfstütze, hat einen Kloß im Hals und Tränen kullern ihr über die Wangen.

In ihr nagt was. Ihr Magen rebelliert und die Tränen hören nicht auf zu fließen. Dieses Gefühl, dass ihr was Lebenswichtiges fehlt. Etwas, was sie unbedingt braucht, sonst wird es ihr schlecht gehen. Das tut richtig weh, so ähnlich wie vorgestern das Heimweh nur viel, viel schlimmer. Sie wünscht sich nichts mehr, als auszusteigen und zurück zum Zeltplatz zu laufen, um Patrik in die Arme zu nehmen.

Sie ist süchtig nach Patriks Nähe. Sie sehnt sich nach ihm. Wieder fällt ihr das Gespräch mit Opa ein. Sehn-süchtig denkt sie daran, wie sie beide gestern spätabends Auge in Auge auf der Luftmatratze gelegen haben. Das will sie wieder haben! Das muss sie wieder haben!

-:-

Sie kommen zuhause an, schon von weitem sieht sie, dass Opa auf sie wartet. Ihre Eltern müssen arbeiten und haben ihn geschickt. Die ganze Fahrt über hat sie geweint und in sich hinein gefühlt. Sie hat schmerzlose Schmerzen, ein Ziehen, unerklärlich.

Der Bus hält. Die Türen gehen auf und sie nehmen ihre Rucksäcke aus den Gepäckablagen. Es dauert ewig, bis sich die Schlange in dem schmalen Gang zu bewegen beginnt. Sie will sofort zum Opa und sich an ihn drücken. Er wird sie trösten. Sie zwingt sich, nicht mehr weiter zu weinen, zieht die Nase hoch und wischt sich Augen und Wangen trocken. Es wurde auch Zeit, denn ihre Mannschaftskameradinnen schauen sie schon komisch an.

Langsam, ganz langsam geht es weiter. Lena weiß nicht, wie lange sie sich noch beherrschen kann. Endlich steigt sie die Treppe runter und kann zum Opa rennen. Sie umarmt ihn heftig und legt ihren Kopf an seine Brust. Da ist es wieder aus mit der Beherrschung.

„Mein Gott! Was ist denn Kind? War es nicht schön? Habt ihr verloren? War jemand schlecht zu dir?"

„Nein Opa, nein, ganz im Gegenteil, wir haben gewonnen, es war gestern noch unbeschreiblich schön und jemand war sehr gut zu mir."

Sie zieht geräuschvoll die Nase hoch und schluchzt ohne jede Beherrschung. „Aber ... aber dann sind wir heute ganz früh weg und ... „ wieder schluchzt sie. „Ich habe seine Adresse nicht und auch keine Handynummer. Ich bin so verzweifelt. Die ganze Fahrt lang habe ich abwechselnd an ihn und an unser Gespräch gedacht, als ich dich gefragt habe, was ‚Sehnsucht' ist. ... Jetzt weiß ich's, Opa und das muss weggehen, aber ich weiß nicht wie."

Der Großvater streichelt ihr sanft über das Haar und wiegt sie langsam hin und her. „Uns wird etwas einfallen. Du musst mir alles erzählen. Wir suchen ihn und du wirst sehen, in ein, zwei Wochen siehst du ihn wieder."

Jetzt schluchzt sie laut auf „In ein, zwei Wochen? Das halt ich nicht so lange aus. Finde ihn schneller, Opa. Versprich mir das!"

„Das kann ich dir nicht versprechen, Schatz. Aber nun komm, lass uns zum Auto gehen. Zuhause machen wir uns einen Tee und du erzählst mir alles. Ich weiß, wie es dir geht. Mir ist es ganz oft im Leben schon so gegangen. Immer wieder gab es einen lieben Menschen, den ich vermisst und nach dem ich mich gesehnt habe. Aber das allererste Mal ist am schlimmsten, weil man noch nicht weiß, dass dieses Ziehen und Nagen in einem irgendwann wieder weggeht. Aber so oder so, Sehnsucht ist fast immer schlimm, es sei denn, man weiß schon, wann sie erfüllt wird."

Hoffnung? – Hoffnung!

Zuhause hat Opa Lena aufs Sofa gesetzt, ihr ihre Beine hochgelegt und sie in eine Decke eingehüllt. Der Rucksack liegt unbeachtet in der Garderobe. Er bringt eine ganze Kanne Tee, den er frisch gekocht hat und setzt sich zu ihr auf das Sofa so, dass er den Arm um ihre Schultern legen kann. Sie wackelt ein bisschen hin und her, bis sie sich vollkommen in ihn hineingekuschelt hat.

Der Tränenfluss versiegt und sie erzählt ihm alles, was passiert ist: Wie sie das Turnier gewonnen haben, auch weil Patrik so ehrlich war zum Schiedsrichter zu gehen. Wie er dann abends zu ihrer Feier gekommen ist mit seinen Freunden. Wie sie getanzt haben nach der Musik von Nirvana. Dass er selbst in einer Band spielt und dann auch die Lieder von Curt Cobain singt, die er alle auswendig kann und ihr ins Ohr geflüstert hat.

Dass sie nebeneinander auf der Luftmatratze gelegen und sich geküsst haben, erzählt sie nicht. Das braucht sie auch nicht, ihr Opa weiß es auch so und er hat schon eine Ahnung, wie er ihr helfen kann.

„Woher kamen die Jungs?"

„Keine Ahnung, wir haben über alles Mögliche gesprochen. Das ist es ja, deshalb bin ich so wütend auf mich. Ich hätte ihn fragen sollen, wo er wohnt, nach seiner Handynummer, Schule und so weiter, aber das war gestern Abend alles nicht wichtig, weißt du?"

„Oh ja, das weiß ich. Vor über fünfzig Jahren ist es mir auch mal so gegangen. Ich habe ein tolles Mädchen kennengelernt und den ganzen Abend mit ihr getanzt, geredet, sie im Arm gehabt und mir gewünscht, dass der Abend nie zu Ende gehen würde. Und dann ging es ganz schnell. Sie musste nach Hause und rannte weg zum Bus. Ich hatte keine Adresse und eine Handynummer sowieso nicht, da gab es noch keine Handys."

Nun schaut ihn Lena mit großen Augen an. „Hast du sie wieder gefunden?"

„Ja, es war die Oma."

„Oma? Wie hast du das gemacht?", Lena lächelt. Ein bisschen Hoffnung ist zurückgekehrt.

„Das ist eine lange Geschichte und sie würde uns heute nicht helfen außer, dass ich dabei gelernt habe, dass man nie aufgeben und nicht zu lange trauern darf. Wir müssen überlegen und einen Weg finden, wie wir das Versäumte nachholen und die Adresse rauskriegen. Pass auf, das machen wir jetzt. Hol mal dein Notebook."

Lena wirft die Decke ab und rennt zur Treppe, über die sie zu ihrem Zimmer kommt. Genauso schnell ist sie wieder zurück auf dem Sofa und gibt dem Opa den Computer.

„Hast du mir alles erzählt oder gibt es noch was ... zum Beispiel wie die Band heißt in der er spielt?"

Ganz verzweifelt schüttelt sie den Kopf „Nein, er sagte nur was davon, dass sie sich wie eines der Alben von Nirvana nennt. Wie viele haben die denn rausgebracht?"

„Na siehst du, das ist ein Ansatz. Warte mal, ich werde das googeln ..."

„Ups! Da kommt ganz schön was zusammen. Welchen Song hat er als ersten gewählt, als er sein Handy angeschlossen hatte?"

„*Come as you are* hieß das und das passte so gut, weil er mich damit auf die Tanzfläche gelockt hat ... Ach Mann! So ein Mist!"

„Okay, das ist von *Nevermind*. Ich nehme mal an, dass sie ihre Band nicht *In Utero* genannt haben werden, was meinst du?"

Lena schüttelt nur den Kopf. Ihr Gesicht ist rot.

„Also versuchen wir es mal: *Nevermind Band Schüler Deutschland* nehmen wir als erste Abfrage und ab damit. ...

Das war nichts, ich ändere was, mal sehen. Boah, das nimmt kein Ende. In den USA gibt es eine professionelle Coverband, aber hier. Ich geh mal auf Facebook suchen.

Oh, sieh mal, da ist einer, der sich so nennt und der wohnt sogar in Dortmund. Sagt dir das Profilbild was, Lena?"

„He, das ist der eine Kumpel von ihm aus der Fußballmannschaft. Genau, die haben immer *Never* zu ihm gesagt. Ich dachte schon das wäre irgendwie serbisch oder kroatisch. OPA! Wir sind nah dran. Klick mal drauf. Mach schnell! ... Ich werd' verrückt, das ist ja ein Bild, wo sie alle am Tisch sitzen und Patrik ist der Blonde hinten rechts."

„Hast du ein Facebook-Konto, Lena?"

„*Facebook*? Old school! Nein. Instagram schon, aber Facebook, no never!"

„Gut, ist es dir recht, wenn ich ihm von meinem Konto schreibe und nach Patrik frage?"

„Klar! Bitte mach das. Meinst du er antwortet schnell?"

„Keine Ahnung. Ich hoffe der antwortet mir altem Sack überhaupt. Ich klicke mal *Nachricht senden* an.", und Opa Paul tippt einen Text ein: ‚Hallo! Wart ihr bis heute im Sauerland zu einem Fußballturnier und hat da ein Patrik mitgespielt? Lena sucht ihn. Bitte unbedingt melden! Danke. LG Paul'

„So jetzt müssen wir warten. Ich hoffe, die halten das nicht für einen Scherz."

„Der muss antworten. Du hast doch alles genau beschrieben. Danke, Opa. Ich bin so aufgeregt."

„Siehst du. Ich hab's doch gesagt, die Sehnsucht ist nicht mehr so schlimm, wenn man Hoffnung hat, dass sie erfüllt wird."

„Hallo! Ich bin zurück.", hören sie nun Lenas Mama vom Flur aus rufen.

„Bitte sag nichts! Das bleibt unser Geheimnis. Mir ist das peinlich, so lange ich nicht weiß, ob ich Patrik nochmal treffe oder nicht.", zischt Lena zu Opa.

Da ist ihre Mama schon im Zimmer und nimmt Lena feste in die Arme.

„Na, wie war's? Habt ihr Spaß gehabt?", fragt sie.

„Ja, es war schön. Wir haben sogar das Turnier gewonnen!", antwortet Lena.

„Na sag mal! Du sagst das, als wärt ihr die Letzten geworden und hättet im Dauerregen in den Zelte gesessen. Das ist doch ein Grund sich zu freuen oder?"

Mit viel Mühe zieht sich Lena ein Lächeln ins Gesicht. „Klar Mama, ich war nur gerade in Gedanken. Nein, es hat auch nicht geregnet und alles war schön.", doch auch das klingt nicht sehr begeistert.

Lenas Mutter schaut fragend Opa Paul an. Doch der schüttelt nur ganz wenig mit dem Kopf und zieht die Augenbrauen zusammen. Seine Schwiegertochter soll Ruhe geben und nicht mehr nachfragen.

Lenas Mama hat es verstanden und wechselt das Thema: „Hast du Hunger? Ich wollte heute zur Feier des Tages Spaghetti mit Thunfischsoße machen. Die isst du doch so gerne."

Lena weiß, wenn sie jetzt nicht die Kurve kriegt und etwas mehr Begeisterung rüberbringt, dann hören die Fragen nie auf.

„Au fein! Das ist was! Das Essen im Zeltlager war nicht so meins, ehrlich gesagt.", und sie lässt so gut es geht die Augen begeistert blitzen.

„So gefällst du mir schon besser. Hilfst du mir Oliven, Knoblauch und Frühlingszwiebeln zu schneiden? Dabei kannst du mir erzählen, wie ihr das Turnier gewonnen habt. Okay?"

„Oh Mama, bist du böse, wenn ich mit Opa auf mein Zimmer gehe, ich wollte ihm noch was zeigen, aber danach komme ich sofort und helfe dir, ja?"

„Du und dein Opa. Zwei wie Pech und Schwefel. Na gut, haut ab, aber wenn ich rufe, gibt's keine Ausrede mehr. Dann wird gegessen. Papa wird auch gleich da sein."

Und jetzt?

Oben in ihrem Zimmer, schließt sie hinter Opa die Tür. Auf ihrem Schreibtischstuhl liegt ein Stapel frisch gewaschener T-Shirts, die sie nimmt und achtlos auf ihr Bett legt.

„Setzt dich Opa. Wir müssen besprechen, was wir tun, wenn wir ihn gefunden haben. Wie geht es denn jetzt weiter?"

„Was heißt wir? Du wirst ihm eine Mail schreiben oder - noch besser - ihn anrufen, falls wir die Nummer rauskriegen."

„Kannst du bitte dabei sein? Bitte, bitte, bitte! Ich krieg bestimmt kein Wort raus vor Aufregung."

„Nun mach dich nicht verrückt, Kind. Warte erst mal ab, ob wir ihn tatsächlich gefunden haben und ob er sich meldet. Ich werde täglich mehrmals in meinem Facebook-Konto nachsehen und es dir sofort sagen, wenn ich eine Rückmeldung habe, versprochen!"

„Warum sollte er sich nicht melden? Wir sind doch verliebt. ... Äh, ich auf jeden Fall!", und sie schaut plötzlich ganz besorgt aus. ‚Was ist, wenn er nicht in mich verliebt ist? Kann doch sein! Dann war es für ihn ein netter Abend und ich stehe da.'

„Mach dir keine Gedanken. Dich ärgern oder traurig sein kannst du immer noch, wenn du weißt, dass es nichts mit dir und Patrik wird. Jetzt freue dich, dass wir ihn ausgegraben haben."

Lena will ihn unterbrechen, aber er hebt die Hand und sagt: „Ich weiß, ich hab gut reden, aber alles was dir gerade passiert, ist mir auch schon passiert und den meisten anderen Menschen, die älter sind als du, auch."

„Es muss was mit uns werden, sonst ... ach, ich weiß nicht, was ich sonst mache."

„Versprich mir, dass du dann nichts tust, ohne dass wir miteinander geredet haben."

„Aber Opa ...!"

„Nein, du musst es mir versprechen!"

„Okay! Das verspreche ich dir", sagt sie und putzt sich die Nase, während sie aufsteht.

„Gut, mein Schatz. Wasch dir kurz dein Gesicht mit kaltem Wasser und geh runter, um Mama zu helfen. Okay? Ich geh schon mal vor. Bis gleich in der Küche."

Er verlässt Lenas Zimmer.

-:-

Nach dem Essen erzählt sie ihren Eltern, was sie alles erlebt hat. Nur von Patrik sagt sie nichts, aber als sie das Endspiel beschreibt, kommt sie ins Schwärmen, als sie berichtet, wie er sie vor seinem Tor ausgespielt hat. Ihr fällt nicht auf, dass sich die Erwachsenen bedeutsam ansehen. Opa blickt ihre Mama kurz stechend an, als sie gerade etwas dazu sagen will und sie lässt es.

Es ist spät geworden. Als sie im Bett liegt und Opa ihr Gute Nacht sagt, hält sie ihn fest, bis die Eltern das Zimmer verlassen haben.

„Kannst du nochmal schnell nachsehen? Vielleicht ist ja schon was gekommen."

„Gut! Aber dann gehe ich. Verlass dich darauf, dass ich mich sofort melde, wenn ich mehr weiß.", und er loggt sich an Lenas PC noch einmal bei Facebook ein.

„Nichts!", sagt er. „Wir müssen warten. Er ist genau wie du heute nach Hause gekommen. Vielleicht sitzt er noch mit seinen

Eltern oder Freunden zusammen. So und nun schlaf schön, mein Schatz! Ich muss nach Hause. Oma wartet auf mich."

Er gibt ihr einen Gute Nacht- und Abschiedskuss und geht leise aus dem Zimmer.

-:-

Lenas Nacht wird lang. Sie kann nicht schlafen. Die Ungewissheit und ihre Sehnsucht halten sie vom Schlafen ab. Gedanken wechseln in ihrem Kopf. ‚Was ist, wenn er sich meldet und was wenn nicht? Warum könnte er sich nicht melden? Weil er schon eine Freundin hat …?'

‚Genau! Was waren das für Mädchen auf dem Profilbild bei Facebook? Zwei Mädchen und drei Jungen waren zu sehen. Lieber Gott mach, dass er keine Freundin hat und dass er sich meldet.'

So geht es bis halb zwei Uhr nachts, als sie dann doch vor Müdigkeit in einen unruhigen Schlaf fällt.

-:-

Es ist Samstagmorgen und sie hat Ferien – Gott sei Dank, keine Schule heute – denn als sie langsam wach wird, weil sich im Haus schon was tut, ist es zehn Uhr. Sie fühlt sich, als hätte sie kein Auge zu getan. Auch die Zeit, während der sie geschlafen hat, war mit Wachträumen verstrichen. Ihre Träume drehten sich um den Zeltplatz, das Turnier und um Patrik. Sie waren so echt und verstörend! Aber sie weiß nicht, warum sie verstört aufwacht. Sie kann sich nicht erinnern.

Lena schleppt sich ins Badezimmer. Auch die Dusche bringt nichts. Sie ist schlaff und mürrisch, als sie runter in die Küche geht.

„Guten Morgen mein Schatz. Hast du gut geschlafen in deinem schönen weichen Bett nach dem harten Zeltboden?", ihr Papa hat eine ekelhaft gute Laune. Das Radio ist an und wie immer laufen diese Oldschool-Hits auf WDR2, die sie auch sonst schon nerven, aber heute ... sie möchte es am liebsten ausmachen, aber dann bekommt sie Ärger mit Mama.

Sie zwingt sich zu einem Lächeln und antwortet: „Och, an den harten Boden habe ich mich schnell gewöhnt. Ehrlich gesagt, habe ich schlecht geträumt heute Nacht und bin noch ziemlich schlapp."

Da kommt Mama herein und flötet irgend so ein nerviges Ding aus dem Radio von Bruno Mars weiter. Sie gibt Lena einen dicken Kuss und sagt mit viel Schwung und guter Laune „Na, was hast du denn heute so alles vor? Willst du zu Jenny gehen oder sollen wir einen Ausflug mit dem Rad machen?"

Jenny ist eigentlich ihre beste Freundin und das lustigste Mädchen in der ganzen Gegend. Sie kann heute keine Gutgelaunten um sich haben. Die gehen ihr alle auf die Nerven.

„Nö, weder noch", grummelt sie. „Ich geh nachher auf mein Zimmer und lese ein bisschen."

Aus den Augenwinkeln sieht sie, wie Papa und Mama sich ansehen und einen fragenden Blick austauschen. Sie frühstückt lustlos und ohne jeden Appetit. Dann schleicht sie wieder die Treppe hoch und legt sich in ihrem Zimmer mit einem Buch auf's Bett. Den einen Satz liest sie immer und immer wieder. Ihre Gedanken sind nicht beim Buch.

Sie steht auf und geht ans Fenster. Dann setzt sie sich vor den PC und checkt ihre eMails. Steht wieder auf, nimmt ihr Handy und bringt sich bei Instagram auf den letzten Stand. Sie steckt es in ihre Mini-Anlage und sucht ‚Come as you are' heraus. Das stellt sie auf Dauerschleife. Sie hat zu nichts Lust und kann sich auf nichts konzentrieren.

Die Minuten ziehen sich wie Stunden. ‚Was soll sie tun? Wie geht es weiter? Warum ruft Opa nicht an? Soll sie ihn anrufen? Nein, dann nervt sie ihn und irgendwann wird er sauer.'

Nun liegt sie schon seit mehr als einer Stunde auf dem Bett und schaut sich die Zimmerdecke an. So ein Leben macht keinen Spaß.

Der Opa hat gut reden von wegen *,so etwas hat jeder mal durchge-macht'*. Er hat die Oma, seine Gisela und ist glücklich mit ihr. Sie wird nie einen Freund haben, wenn Patrik sich nicht meldet. Alle anderen interessieren sie nicht, werden sie auch nie interessieren, ist sich Lena sicher.

Ihr Handy schellt! Sie schnappt schnell danach. Ist es Opa? Nein. Es ist Jenny. Sie drückt sie weg. Sie kann jetzt keine aufgereg-ten Berichte aus Jennys Leben ertragen. Womöglich will sie ihr er-zählen, dass sie, während Lena weg war, einen festen Freund hat, den albernen Leon womöglich, von dem sie dauernd geschwärmt hat.

So eine Scheisswelt!

Das Handy klingelt nochmal.

„Mensch Jenny, lass mich in Ruhe!", schnauzt sie ins Mikro.

„Na gut, dann leg ich eben wieder auf.", hört sie Opas Stimme.

„Nein! Bloß nicht! Hast du eine Nachricht, Opa? Sorry, ich dach-te es wäre Jenny."

„Auch mit Jenny solltest du so nicht umgehen. Schließlich ist sie deine beste Freundin."

„Was ist? Spann mich bitte nicht so auf die Folter. Sag schon!"

„Also der, dem das Konto *Never Mind* gehört, hat mir eine pri-vate Nachricht geschrieben, dass er Patrik heute Nachmittag trifft und ihn auf meine Frage anspricht. Wir sind also auf dem richtigen Weg. Freu dich mal und tu irgendwas, damit du auf andere Ge-danken kommst."

„Kannst du ihm nicht noch meine Handynummer schicken? Dann kann Patrik mich direkt anrufen."

„Du wirst lachen, das habe ich schon getan. Oma lässt dich üb-rigens schön grüßen. Sie ist in der Küche und bereitet unser Mit-tagessen vor. Darf ich ihr erzählen, wie es um dich steht?"

„Nein, bitte nicht. Wenn alles klar ist ... so oder so ...", sie seufzt, „dann mache ich das selbst. Es muss unser Geheimnis bleiben, ja?"

„Gut! Jetzt versuch dich abzulenken. Entweder melde ich mich, weil wieder was per Facebook reingekommen ist oder du wirst angerufen. Bleib tapfer. Ich bin sicher, Patrik freut sich über unsere Kontaktaufnahme und alles wird gut. Halt die Ohren steif! Tschüss!"

„Danke, lieber Opa und Tschüss. Bis bald."

Sie springt vom Bett und spielt ihre Lieblingsplaylist. Max Giesinger singt „Irgendwann ist jetzt". Dazu springt sie wie ein Derwisch rum und klatscht in die Hände.

Lena hört nicht das Klopfen an der Tür, die nun aufgeht. „Mann ist das laut! Was ist denn mit dir los? Erst nölst du rum und verbreitest schlechte Laune, dann dröhnst du uns plötzlich die Ohren voll und stampfst rum, dass ich Angst habe, die Decke kommt runter.

„Ach Papa", sie dreht die Anlage leiser. „Ich bin so glücklich."

„Das ist schön. Woran liegt's denn?"

„Das sage ich dir, wenn es soweit ist. Bitte lass mich jetzt. Ich möchte tanzen."

„Okay, aber stampf ein bisschen weniger. Auf deine Offenbarung sind wir sehr gespannt. Lass uns nicht zu lange zappeln, hörst du?"

„Ja, ja, werd ich nicht!", und sie dreht neue Runden zur nicht mehr ganz so lauten Musik.

Erlösung?

Das Mittagessen schlingt Lena herunter, als würde sie damit den Ablauf der Zeit beschleunigen können. Es muss unbedingt Nachmittag werden. Es muss!

Ihre Mutter schaut sie immer wieder fragend an, manchmal schüttelt sie mit dem Kopf und manchmal schaut sie sie an, als wollte sie sagen *Ich weiß, was mit dir los ist!* Aber das ist ihr alles egal. In ein, zwei Stunden wird Patrik sie sicher anrufen, bestimmt.

Nach dem Essen geht sie raus, nimmt ihr Fahrrad und rast damit so schnell sie kann durchs Viertel. Es ist ein lauer Sommertag und man riecht überall Grilldüfte und hört laute Gespräche und Musik aus den Gärten. Ihre Haare flattern im Wind.

Sie wird ein paar Runden um den Phoenix-See fahren und sich die Seele aus dem Leib strampeln. Noch ist es relativ leer, doch in ein, zwei Stunden werden wieder alle Dortmunder auf den Beinen sein, die Autos ihre nervigen Runden in den umliegenden Straßen fahren und die Gruppen Jugendlicher werden auf den Holzplattformen am Seeufer rumlümmeln.

Sie hat eine Runde geschafft, fährt an der südwestlichen Seite von der Straße wieder die Rampe herunter. An den Liegen aus Holz treffen schon die ersten Leute ein. Man sieht Bierkästen und Taschen, die ausgepackt werden. Doch Lena sieht das nicht. Sie fährt sich gerade den Kopf frei. Da ruft jemand ihren Namen. Sie ist schon vorbei, dreht sich kurz um. Der Ruf kam von der letzten Holzliege vor dem Segelhafen, den sie gerade erreicht. Sie dreht eine Schleife und fährt langsam zurück.

Schon kurz darauf springt sie vom Rad und rennt auf die Wiese direkt in Patriks Arme. Patriks Kumpel *Never* steht dabei und grinst.

„Na, dann brauche ich es dir ja gar nicht mehr auszurichten, Patrik. Ich hatte es ganz vergessen. Ach übrigens Lena, weißt du, wie ich Bianca erreichen kann?"

Personenbeschreibung

Wir bekamen in der Autorenwerkstatt das Foto einer Person, einer Landschaft (alte Brücke), eines Gegenstands (Kugelgrill) und weitere Vorgaben. Daraus sollten wir eine Beschreibung der Person und eine Geschichte passend zu den Fotos machen.

Vorgaben

Zusätzlich Gefühl (*Wut*) und der Satz „Der Ball war drin"

1) Geschlecht: *weiblich*

2) Name: (vorsichtshalber googeln) Der Name ist wichtig, er muss passen. Er ist nicht belanglos
   Ingrid

3) Alter: *38*

4) Familienstand: *ledig*

5) Aussehen: *strahlend*

   a. Körperbau: *harmonisch*

   b. Größe: *1,67*

   c. Gewicht: *60*

   d. Haarfarbe: *blond, oben heller sonnengebleicht*

   e. Bart: --

   f. Augenfarbe: *braun, grün gesprenkelt*

g. besondere Kennzeichen (Narben): *Muttermal rechts neben der Nase*

h. Kleidung: *Wickeltop, V-Ausschnitt, hellblau, weiß gepaspelt*

i. Geruch: *wie frisches Heu und Milch*

j. Stimme: *warmer Alt, österreichischer Akzent*

k. Gestik: *voller Begeisterung, reichlicher Handeinsatz beim Sprechen*

l. Gangart: *scheint zu schweben*

m. Was anderen zuerst an der Figur auffällt: *ihr spöttisches Lächeln*

6) Sozialer Hintergrund:

a. Elternhaus: *Pädagogenpaar, Wien-Döbling, Waldorfschule*

b. Erziehung: *Vater streng, Mutter gluckig*

c. Geburtsort: *Wien AKH*

d. Schicksalsschläge: *Mutter starb als sie 12 war*

e. Kindheit: *beschützt, „rosa" bis Tod der Mutter, danach Absturz, Widerstand gegen den Vater*

f. Geschwister: *Einzelkind*

g. Bildung: *2. Bildungsweg, Förderschullehrerin*

h. Migrationshintergrund/kultureller Hintergrund: *Mutter hatte einen samischen Vater und eine estnische Mutter, Krieg, Flucht aus Estland*

i. Weltanschauung: *freigeistlich*

j. Werte: *Öko, Tier- und Klimaschutz bis zur Militanz*

k. politische Richtung: *linker Flügel, Grüne*

l. bedeutendes Ereignis, dass ihren oder seinen Charakter geformt hat: *DerTod der Mutter und dadurch ihr Absturz (s. o.), Jahre in einer WG/Hausbesetzer, Punk und Protest, Sucht, Ausstieg*

7) Sexuale Ausrichtung: *bi*

8) Aktuelle Lebenssituation

    a. Beruf: *Lehrerin an Förderschule in einem Problembezirk*

    b. Freundeskreis: *2 Kolleginnen + Freundin aus der Hausbesetzerzeit*

    c. momentaner Konflikt: *sie meint, sie müsse ein Kind haben, will aber nicht, Bindungsangst*

    d. äußere Zwänge: *Vater, Rektor*

    e. Motivation: *ihre Schulkinder*

    f. Kernbedürfnis: *zur Ruhe kommen, den Menschen im Umfeld der Schulkinder/Eltern helfen*

9) Hobbys: *Lesen, Lesen, Lesen – Hilfsprojekte*

10) Positive/stärkste Charaktereigenschaften in der Reihenfolge der Intensität:

- *warmherzig*
- *großzügig*
- *humorvoll*

11) Negative/schwächste Charaktereigenschaften in der Reihenfolge der Intensität:

- *jähzornig*
- *neigt zur Sucht*
- *ungeduldig*

12) Ausstrahlung auf andere (wie wirkt jemand): *je nachdem, entweder Wärme oder Wut*

13) Ticks, krankhafte Verhaltensweise: *übersteigertes Gerechtigkeitsgefühl, Helfersyndrom, Suchtgefährdung*

14) Talent, Begabung, Fähigkeiten (kann auch negativ sein):

> *- lacht oft im „falschen" Moment*
> *- kann sich nicht verstellen*
> *- undiplomatisch*

15) Gesundheit: *pumperl g'sund*

16) Vorlieben: *warme Alpaka-/Cashmere-Pullover, Cappuccino mit Kakaopulver, Mannerschnitten, Katzen*

17) Abneigungen: *Machos (militante Ablehnung), Ellenbogentypen (männlich und weiblich), Prügelpauker, Migrantenhasser*

18) Einstellung zum eigenen Geschlecht: *liebevoll*

19) Einstellung zum anderen Geschlecht: *zögernd, abwartend*

20) Lacht oder macht sich lustig über …: *gute Späße / Tölpel*

21) Was die Figur macht, wenn sie alleine ist: *ist lesen, bei Cappuccino, Vivaldi, Kerzen, mit der Katze in „Streichelnähe"*

22) Gegenstände, die jemand trägt oder bei sich hat: *Bettelarmband*

23) Ziel? Wo soll/will meine Protagonistin hin?: *In eine freie, glückliche und gerechte Welt für alle, Traumreiseziel Via Paolo Troubetzkoy, Pallanza am Lago Maggiore (früherer Urlaub mit der Mutter dort im Hotel Pesce d'Oro)*

24) Ständiger Begleiter, Freunde, Vertraute/r, Einflusshabende: *Freundin aus der Hausbesetzer-Zeit*

25) Feinde: *Vater, Schulrektor*

26) Charakteristische Kurzbeschreibung von deiner Person fürs Exposé oder den Verlag:

Ingrid ist eine junge Frau von 38 Jahren. Sie hat früh die Mutter verloren und litt zeitlebens unter ihrem Vater. Der Tod der Mutter trieb sie früh aus dem Haus. Erst war sie die treibende Kraft in einer Bande von Mitschülern und Mitschülerinnen, die ans Kriminelle grenzende Aktionen gegen die Schule und städtische Behörden richteten (Jugendamt wegen einer Freundin). Nahtloser Übergang in die örtliche Hausbesetzerszene, Sucht, Punk und Protest. Neue Freundin half ihr beim Ausstieg und nun ist sie mit 38 Jahren weise und lebenserfahren und unterrichtet engagiert an einer Förderschule

27) Wird der Leser die Figur mögen oder nicht mögen?: *Der Leser wird Ingrid lieben.*

28) Ändert sich die Figur in der Geschichte und wenn ja wie?:

Ja, mehrmals vom lieben Kind zur fast kriminellen Jugendlichen, Punkerin, dann strebsam und bildungshungrig, Förderschullehrerin mit Sendungsbewusstsein

29) Sonstiges:
Ggf. Dialog mit der eigenen Figur
Tagesablauf der eigenen Figur zum Kennenlernen der Figur
Tagebuch... Ich-Perspektive
Schreibe als Szene:

Bedeutendes Ereignis, an dem man sichtbar machen kann, welche Persönlichkeit meine Figur hat.

Die Geschichte von mir und Ingrid

Wie jeden Abend sitze ich am Fluss und schaue auf die alte Brücke, die mich wegen der Brückentürme an die in Heidelberg erinnert. Aber diese Türme sind filigraner, ähnlich dem Stil, der Barockkirchen in Mittelamerika so einzigartig aussehen lässt.

Und wie jedes Mal genieße ich die Abendsonne meines Lebens, weit weg von zuhause und lasse die Erinnerung über mich herfallen. Ich habe hektische Zeiten hinter mir.

© Horst Karbaum

Geboren kurz nach dem Krieg, gewöhnt an Entbehrungen, die es da sogar in Mitteleuropa gab. Die 68er mit der Infragestellung jeder Autorität und vieler Tabus. Mein Arbeitsleben als Ingenieur, dem der erste Computer, den er sah, zwar groß wie ein Besenschrank, aber dennoch viel zu klein vorkam, obwohl er genau genommen ein Dummkopf im Vergleich zu heutigen Handys war.

Und dann kam es wieder alles anders, als die Welt in die Pestzeiten des Mittelalters zurückversetzt wurde durch eine Virus(mutanten)serie, die erschreckend klar zeigte, dass die, die uns lenken, schützen und Wohlstand bereiten sollten, entweder zu blöd dazu waren oder zu schlau, indem sie es zu ihren eigenen Gunsten ausnutzten. Plötzlich stellte sich die Frage: „Was bringt die Demokratie, wenn die Volksvertreter dümmer und naiver sind oder nur so tun(?) als es Kinder im Grundschulalter sind?"

Besonders diese Erinnerung konnte ich für mich nur aufgrund meines Alters - die paar Jahre noch wird es schon gehen - aushalten. Für meine Enkelinnen war es mir da angst und bange geworden.

Doch unter all den möglichen Erinnerungen ist eine immer dabei, die Erinnerung an Ingrid.

Heute sehe ich sie im Jahr 2021, also vor 30 Jahren, wie sie in wohliger Erwartung eine Decke um ihre Beine und ihren Körper schlägt. Sie liegt auf ihrem Sofa in der Leseecke. Auf einem kleinen, runden Tisch mit Jugendstil-Anmutung steht ein dampfender Cappuccino, ihr Kater schnurrt neben ihr auf dem Sofa und sie liest ein sanftes Buch vom Tag eines zehnjährigen Jungen in den Sommerferien.

Das brauchte sie, denn morgens in der Schule hatte sie eine Auseinandersetzung mit ihrem Chef, dem Rektor der Förderschule in Scharnhorst. Sie hatte mal wieder für eine ihrer Schülerinnen gekämpft, die er von der Schule verweisen wollte, weil sie Muslima war, unter dem offiziellen Vorwand, sie wäre aufsässig. Sie konnte sich in das Mädchen hinein versetzen, obwohl sie selbst keine Muslima war. Aber diesen Jähzorn, diese Reaktion auf Ungerechtigkeiten hätte sie vor fünfundzwanzig Jahren genauso gezeigt, wie es in der vorherigen Woche ihre Schülerin getan hatte.

Was heißt ‚hätte': Die Auseinandersetzung mit diesem „Oberpädagogen", war ein weiterer Tropfen, der ihr persönliches Fass in der Schulhierarchie zum Überlaufen brachte. Sie erlebte ihn genauso wie ihren Vater, wenn der sie mal wieder belehrte. Sie hatte auch diesmal ihre Wut nicht zügeln können und ihm Worte zugeschrien, die sie ihrem Vater immer sagen wollte, aber wegen ihrer Mutter runtergeschluckt hatte.

Ihre vorherigen Protestaktionen zusammen mit einigen Schülern und Schülerinnen gegen die wahnsinnigen Slalomanweisungen aus Düsseldorf im Zusammenhang mit der Corona-Krise hatten sie sogar schon höheren Ortes bekannt gemacht. Die damalige Gesundheitsministerin in NRW, Gebauer erinnerte sich sicher schmerzhaft an die Tiraden, die sie von Ingrid bei einer Demo in

Düsseldorf per Megafon zu hören bekam. Ingrid in <u>Wut</u>, war nicht mehr Ingrid.

Sonst war sie die warmherzigste Person, die ich in meinem Leben kennengelernt hatte. Ich erinnere mich, wie wir in Leipzig draußen im Biergarten eines Lokals saßen. Wir schauten gemeinsam „Rasenballsport" Leipzig gegen den BVB im Fernsehen. Es war eng, mir eigentlich zu eng zur Coronazeit. Ausweichen konnte ich nicht, sonst hätte ich die Hitze vom <u>Kugelgrill</u> abbekommen. Die Original-Thüringer-Bratwürste platzten und Fettfontänen spritzten zu mir rüber.

Es war nicht weit weg vom RB-Stadion, aus dem die Rufe der Spieler zu uns herüber hallten. Sie spielten ohne Publikum und das hörte sich an, wie früher, wenn ich mit meinen Kumpels abends auf dem einsamen Bolzplatz im Dämmerlicht zwischen den Häuserblocks in Hörde gepöhlt hatte. Diesmal waren es allerdings gestandene Profis die spielten und in den knapp zwei Stunden fielen Zigtausend Euro Spielersalär durch den Schlitz des Spielautomaten mit Namen „Bundesliga".

Aber was heißt *gemeinsam schauen*, Ingrid sah weniger auf den Fernseher als auf mein Gesicht. Ich merkte das und es störte mich ein bisschen, ... aber es gefiel mir auch. Immer nachdem ich mich über Nico Schulz aufgeregt hatte, fand ich kurz Zeit, zu ihr rüber zu schauen. Besonders schlimm war es, als dieser spezielle Freund wieder einen Fehlpass im eigenen Strafraum produzierte und Sabitzer von RB die Kirsche Volley nahm. <u>Der Ball war drin</u> und ich wusste, diese Jubelschreie im Biergarten würde ich nie vergessen. Ich war schließlich in Feindesland.

In dem Moment waren ihre leicht schrägen Augen – sie musste sie von ihrer Mutter haben, die zum Teil finnische Wurzeln hatte – noch ein klein wenig schräger als üblich, weil sie spöttisch lächelte. Es machte ihr scheinbar großen Spaß, mich in meiner Aufregung und <u>Wut</u> über diesen Lowperformer zu beobachten.

Ich liebe die Erinnerung an ihr Lächeln auch heute mit 70 noch, auch wenn es ab und zu mal spöttisch war. Immer wenn sie lächelte, blitzten die grünen Sprenkel in ihren ansonsten warmbraunen Augen, ihre schönen Lippen blieben voll, auch wenn sie sich leicht auseinander und nach oben spannten und ein Muttermal auf ihrer rechten Wange drängte sich in den Vordergrund. Immer lag eine unheimliche Wärme in ihrem Lächeln. Es war eines, wie es nur sehr lebenserfahrene und weise Menschen zustande bringen. Ingrid sah man an, dass sie mit sich im Reinen war. An solchen Tagen liebte ich sie, aber es gab auch andere, an denen sie vor Jähzorn sprühen konnte. In solchen Momenten hatte ich das Weite gesucht, nur einmal gelang es mir nicht und das war das Ende unserer Liebesbeziehung.

Die Sonne ist fast untergegangen. Zwischen Horizont und hellblauem Himmel liegt ein Band, das von hellem Gelb sanft in ein blasses Orange übergeht. Mücken tanzen. Die Wärme über dem Ufer lässt die Luft flimmern und die Brücke liegt da, als stiege um sie herum die ersten Nebel des kommenden Herbstes auf. Doch bis zum Herbst habe ich hoffentlich noch viele Abende mit der Erinnerung an Ingrid.

Ich hörte, Ingrid sei tot. Bei einer Demo, die gewalttätig geworden war, sei sie zwischen die Fronten geraten.

Assoziationskette „Regenbogen"

Regenbogen, bunt, rot, Stierkampf, armer Stier, Barcelona, Gaudi, schön, hübsch, wunderbar, Freude, Glück, erfüllter Wunsch, Asteroid, Hawking und Tochter, Relativitätstheorie, Einstein, Schnäuzer, Bartbinde, Der Untertan, Germania im Regen, Regen bei Sonne, **Regenbogen**

Dabei gedacht habe ich mir:

Ein **Regenbogen** ist <u>bunt</u> und oft sieht man vor allem <u>Rot</u>. Beim <u>Stierkampf</u> ist das die vorherrschende Farbe bei der Kleidung des Toreros, seinem Tuch und dann das Blut des <u>armen Stiers</u>. In <u>Barcelona</u> ist der Stierkampf lange verboten. Die Stadt von <u>Gaudi</u> ist <u>schön</u> mit seinen vielen <u>hübschen</u> Gebäuden und der <u>wunderbaren</u> Kathedrale Sagrada Familia. Wenn man sie sieht, empfindet man <u>Freude</u> nicht ein *Gaudi*, das ist was anderes, und <u>Glück</u>. Nach Barcelona zu reisen, war einer meiner <u>erfüllten Wünsche</u>. Der ist lange entstanden und nicht plötzlich, nur weil ein <u>Asteroid</u> zur Sternschnuppe wurde. Wie denken eigentlich <u>Stephen Hawking und Tochter</u> über Sternschnuppen als Wunscherfüller? Sie haben zusammen ein schönes Kinderbuch über das Universum geschrieben. Darin ist alles relativ gemäß der <u>Relativitätstheorie</u> von Albert <u>Einstein</u>. Das ist der mit dem weißen Wuschelkopf und dem großen, buschigen <u>Schnäuzer</u>. Eine <u>Bartbinde</u>, so wie in dem Film „<u>Der Untertan</u>" nach einer Geschichte von Heinrich Mann, hat er sicher nie benutzt. Dem Untertan hat es nichts genützt, bei der Nationalfeier standen er und das Denkmal mit <u>Germania im Regen</u> und der Schnäuzer hing. <u>Regen bei Sonne</u> dagegen ist sehr schön, denn dann gibt es oft einen **Regenbogen**.

Meine Geschichte der O

… oder **Wer morgens um sieben per Videocall anruft, darf sich nicht wundern, was er zu sehen bekommt.**

Haben Sie schon von der „Geschichte der O" gehört? Ich zitiere aus Wikipedia: *„Geschichte der O (französischer Originaltitel: Histoire d'O, englisch Story of O) ist ein 1954 erschienener erotischer Roman von Anne Desclos (bekannter als Dominique Aury), die ihn unter dem Pseudonym Pauline Réage veröffentlichte. Wegen seiner detaillierten Darstellung weiblicher Unterwerfung galt das Werk lange als ein Skandalbuch. Es übte auf die Entwicklung der erotischen Literatur großen Einfluss aus und ist einer der bekanntesten sadomasochistischen Romane der Welt."*

Sie merken, nun könnte es schlüpfrig werden. Doch lesen Sie ganz beruhigt weiter, sadomasochistisch ist hier nichts. Nun lernen Sie Amor Amaro kennen. Er ist mein erster Protagonist überhaupt und Held in einer Reihe von Büchern.

Morgenstund' hat auch ihren Reiz!

Gestern Abend wurde es mal wieder spät. Egal! Ich kann ausschlafen, dachte ich! Morgen pennst du bis in die Puppen, hatte ich mir vorgenommen. Aber erstens kommt es anders und zweitens als man denkt!

Normalerweise stehe ich gegen 7.30 Uhr auf. Tags drauf war es etwas früher. Ein Klingelton, den ich noch nie gehört hatte, weckte mich. Ich konnte nicht sofort herausfinden, woher der Ton kam. Hatte ich gestern Abend vergessen, das Handy auszuschalten? Als ich es fand, kam von ihm das letzte Klingeln. Ich hatte mein Brille nicht auf. Ich bin weitsichtig und konnte nicht sehen, was der Grund des Klingelns war. Bei Weitsichtigen sind in der Regel die Arme zu kurz, sagt man. Sie können nah nichts erkennen oder lesen.

Ich ging ins Bad um zu duschen und war entsprechend dafür „gekleidet", als ich wieder den Ton vernahm. Ohne Brille sah ich ein schön buntes Display auf dem Handy. Mittendrin erkannte ich einen Kreis mit dem Wort „NO" und unten waren grüne Symbole und ein rotes. Diese App war mir unbekannt! Ich tippte auf eines der grünen Symbole und nahm das Handy ans Ohr. Es hörte sich an, als wäre eine Verbindung da, doch die Gegenstelle antwortete nicht.

Ich ging zum Fenster, wo es heller und der Empfang besser war, immer noch dressmäßig bereit für's Duschen. Immer noch keine Antwort. Als ich dann das Handy vom Ohr nahm und es tiefer und am langen Arm vor mich hielt, um Distanz zum Erkennen des „Beenden"-Symbols zu schaffen, sah ich, dass dort ein Bild einer gutaussehenden, jungen Dame Ende zwanzig in einem schicken königsblauen Business-Kostüm auf dem Display war, die nicht in ihre Kamera, sondern züchtig oder eher krampfhaft auf ihren Tisch blickte. Das Bild bewegte sich. Zuerst: ‚Aah, ein Videoanruf!' ... Dann: ‚Oh, ich habe nichts an!', ging es mir durch den Kopf.

Nach einigen Schrecksekunden fand ich das „Beenden"-Symbol.

Später, frisch geduscht und mit Brille sah ich im Kommunikationsprotokoll, dass auf Skype eine Benutzerin „Nightingale O." um 7.15 Uhr Kontakt zu mir aufnehmen wollte. Auf diesem Handy hatte ich noch nie geskypt, drum waren mir der Ton und das Bediendisplay fremd.

Wenn man wie ich Mitte sechzig ist, regt man sich über solche vermeintlich peinlichen Ereignisse nicht mehr auf. Allerdings ist man in diesem Alter meistens nicht mehr das, was junge, gut aussehende Damen in blauen Businesskostümen als hübschen Anblick bezeichnen würden. Obwohl ich subjektiv von mir den Eindruck habe, noch recht gut in Schuss zu sein.

Für mich war es eine lustige Geschichte und ich postete sie bei Facebook. Als jemand, der gerne die Verkaufszahlen seiner Bücher steigern würde, dachte ich besonders daran, meine Bekanntheit zu vergrößern, Facebook-Schnüfflern meinen manchmal skurrilen Humor zu offenbaren und hier und da ein Schmunzeln oder gar Lachen hervorzurufen. Drum schloss ich meinen kurzen Bericht mit einer Ansprache an die geheimnisvolle Dame:

Liebe Nightingale O.,
Lassen Sie sich von mir eine Weisheit mitteilen, die in unserer „Schönen neuen Welt" hilfreich sein kann.
"Wenn man um 7.15 Uhr einen Unbekannten ein allererstes Mal unangemeldet per Videocall anruft, muss man mit dem leben, was man zu sehen bekommt!"
Schade! Sie haben es leider nicht nochmal versucht. Lassen Sie mich versichern, den Rest des Tages war ich bekleidet und ich freue mich, mich mit Ihnen auch per Video auszutauschen. Also bis Morgen, aber bitte ab 8.00 Uhr.
Ihr
Amor Amaro

Bei Skype steht „Chatten in den schönsten Farben" Wie wahr!

Die schöne neue Welt ist grenzenlos.

Mein Facebook-Beitrag hatte ein gemischtes Echo. Manche fanden ihn lustig, manche gaben mir ein LIKE, also die Hand mit dem hochgereckten Daumen, leider kein einziges rotes Herz. Es ist schade, aber man weiß nicht, ob einer der Leser oder Leserinnen wenigstens ein bisschen gelacht hat. Mehr als Applaus, erstrebe ich für meine Werke, dass sie gefallen und wenn ich sie lustig meine, dass sie wenigstens Schmunzeln verursachen. Leider bekommt man nie eine Rückkopplung, die einem das bestätigt.

So schlummerte auch meine Geschichte der O. im großen Bauch von Mr. Zuckerbergs Riesen-Computer. Ein guter Freund fragte nach, ob es da einen wahren Kern gäbe und ansonsten hielt sich das Echo stark in Grenzen. Verdammt! Auch diese wirklich witzige Geschichte bringt mir nicht den Durchbruch.

-:-

Die Zeit verging und es war schon fast wieder soweit, dass Facebook einem anbot, diesen Post als Erinnerung von vor einem Jahr erneut zu teilen, da meldete sich mein Messenger auf dem Handy. In dem kleinen Kreis konnte ich das Bild einer jungen Frau sehen, Das Bild sagte mir nichts. Sie war keine meiner FB-Freundinnen oder eine, die erst kürzlich ihr Profilfoto gewechselt hatte. Nur der königsblaue Kragen erinnerte mich an irgendwas, aber was es war, wollte sich bei mir nicht einstellen. In einem ruhigen Moment schaute ich nach:

Dear Amor,
how are you? It's a long time ago. I had a call with you to be precise a VIDEO call. It hadn't been very long but I saw what I didn't expected to see. I wanted to get in contact to you for business affairs but to see you without any clothes had been a shock for me, even if you look quite good for a man of your age. I did not know how to talk with you at the moment and what to do.
I did not dare to look at my mobile's display and I forgot completly to cut our connection. Thanks God you did it finally.
I needed some hours to get beyond this eh ... „happening"!
I found your posting concerning our story some weeks ago but I cannot understand German. I live in Sydney. The only things I understood were my name Nightingale O. and Skype chat. I searched for someone who would be able to translate it. I forgot that my grandma is born in Germany. She is from Bochum. Do you know Bochum? It was her birthday and we talked about my future and her past as a young girl. Our story has faded away a little until that day. But grandma reminded me and I showed her your post. She smiled more and more and at last she had been laughing without an end.
I become curious and begged her to tell me the content of your post and as I know the sense of your post I was laughing as well.
Dear Amor, you seem to be a man of great humor. It is such a good story and my thoughts about embarrassment are totally gone. I decided to get acquainted to you as soon as possible. It does not matter that you are forty years older than I. I love people who are able to make me laugh in an intelligent way and that's it what you have done.
Where do you live? How can we get in touch!
Yours
Nightingale
PS: The only thing which leaves me a little nervous is the title of the post „My story of O." Grandma told me, it has been a book which was a scandal because of all the erotic descriptions.

Ich bin Italiener und in Deutschland groß geworden. Mein Englisch war das, was ich in der Schule gelernt habe. Mir fiel es nicht leicht, alles zu verstehen, was Miss O. mir geschrieben hatte. Aber eines war mir sofort klar und hat mich mit großer Zufriedenheit erfüllt: Es gab am anderen Ende der Welt zwei Frauen sehr unterschiedlichen Alters, die über meine Geschichte gelächelt und sogar herzhaft gelacht haben.

Es lag nicht nur an meinem rudimentären Englisch, dass ich nicht sofort alles verstand. Die Passage, in der Nightingale schrieb, dass sie mich kennenlernen möchte und dass unser Riesenaltersunterschied für sie keine Rolle spielt, war für mich schwer zu kapieren, da das weit außerhalb meiner Erwartungen lag. Ich sehe immer noch gerne Frauen, die gut aussehen, egal welchen Alters. Sehr oft verliebe ich mich in eine Frau (siehe auch das Zitat „Palfinger" Seite 79) wegen eines Satzes, den sie gesagt hat, wegen einer Geste oder Miene, wegen der Augen oder oder oder ... Ich meine nicht, dass ich wegen sexuellen Verlangens verliebt bin. Ich bin auf die Art verliebt, dass ich unheimlich gerne mit ihr Zeit verbringen würde, in der wir spazieren gehen, reden, schweigen, essen oder trinken.

Mag sein, dass das im Alter mehr geworden ist, aber so ging es mir auch schon mit dreißig. Altersmäßig bin ich in „Phase 3" angekommen. Den Begriff habe ich von einem guten Freund, dem zum Geburtstag gratuliert wurde von entfernten Bekannten, mit denen er oft Runden auf dem Golfplatz gedreht hatte. Sie erkundigten sich, wie es ihm ginge und was das Golfspiel machte. Seine Antwort war: „Ich habe an die zehn Jahre nicht mehr gespielt. Wenn man jetzt diese blöde Witzfrage 'Haben Sie noch Sex oder spielen Sie schon Golf?' konsequent weiterführt, muss ich sagen, ich bin in Phase 3!"

Meine Antwort

Nachdem ich also an mehreren Tagen immer wieder die Nachricht von Nightingale gelesen hatte, war mir irgendwann der Inhalt nicht nur vertraut und verständlich, sondern ich konnte ihn auswendig. Ein Kribbeln stellte sich ein. Das Kribbeln, das oft einer neuen Verliebtheit bei mir vorausgeht. Ich musste unbedingt eine Antwort schreiben. Wie schon beschrieben, kann man mich als „Verbalerotiker" bezeichnen. „Der Amor, der tut nichts, der will nur reden!" So stellte mich mein Freund Hans mal einer sehr schönen Frau auf einem Fest vor. Es wurde ein fantastischer Abend und es blieb nicht nur beim Reden. Diese Frau ist eine meiner besten Freundinnen geworden. Was spricht dagegen, so eine Freundschaft diesmal per Messenger mit einer jungen Frau in Australien aufzunehmen? Nichts!

Mein Problem war, in welcher Sprache sollte ich mit ihr kommunizieren? Wenn ich in Englisch schreibe, schreibe ich womöglich was, was sie verletzt oder ärgert, ohne das mir das bewusst ist oder wird. Schreibe ich in Deutsch, muss sie immer wieder ihre Oma zu Rate ziehen und Oma weiß dann alles!

Lange fand ich keine Lösung für dieses Problem, aber schließlich entschied ich mich für Deutsch und ich erklärte ihr das mit meiner ersten Antwort:

Dear Nightingale,
my English is not good enough to write you all the things I want to write. I am afraid you may get hurt or angry because I would write something that I did not want to write just because of my lack speaking English. So I will write my answers in German. Please meet your grandmother for a translation. I hope she will help you and it would be fine if she translates your answers as well. I needed a long time to understand what you wrote in your last mail. Thank you!
Noch ein Satz in Englisch, bei dem ich sicher bin, dass er nicht missverstanden werden kann, weil ich ihn mal in einem Lied gehört habe 'You made me so very happy!'

Liebe Nightingale,
du kannst dir nicht vorstellen, wie glücklich mich deine Nachricht gemacht hat. Ich bin Autor und Privatdetektiv hier in Kronenburg in Deutschland. Es ist richtig, ich bin 67 Jahre alt. Ich war oft traurig darüber, dass ich nie erfuhr, was aus dem wurde, was ich geschrieben hatte. 'Unsere Geschichte der O.' habe ich auch in der Hoffnung geschrieben, dass jemand der oder die sie liest, lachen oder wenigstens lächeln muss. Du und deine Oma sind die ersten, die mir eine Rückkopplung geben, dass ich was Lustiges geschaffen habe. Das macht mich glücklich.
Bitte grüße deine Großmutter herzlich von mir und sage ihr Danke für ihre Übersetzung. Liebe Großmutter Nightingales, vielen Dank, das Sie unser 'Postillon d'amour' sind. Aua, da geht es schon los. Ich werde missverständlich! Ich meine natürlich, dass

Sie unsere Korrespondenz übersetzen. Ich habe zu große Angst, Nightingale zu verletzen, wenn ich mit meinem schlechten Englisch den falschen Griff tue.

Sie müssten eigentlich Kronenburg, den Ort, wo ich lebe, kennen. Er liegt direkt an der östlichen Grenze von Bochum. Meine Schwester lebt mit ihrer Familie in Bochum und ich besuche sie oft.

Nightingale, ich würde dir sehr gerne mal eine meiner Geschichten zum Lesen geben, aber sie sind alle in Deutsch. Deine Oma wird sicher keine Lust haben, ein ganzes Buch von 300 Seiten zu übersetzen und dir vorzulesen.

Nochmal zu deiner Nachricht: Sie hat bewirkt, dass ich nun schon eine ganze Zeit wie auf Wolken durch das Leben gehe. Aber nun habe ich genug über mich und meine Beweggründe, dir zu antworten, geschrieben. Bitte schreibe mir, was du machst, was du liebst und hasst, wie dein Tag ist oder war und was du dir besonders wünscht. Ich freue mich, von dir zu hören. Und auch ich möchte dich gerne kennenlernen, aber uns trennt die halbe Erde, egal in welche Richtung ich gehe.

Aber bitte schreibe schnell. Ich kann es nicht erwarten!

Dein

Amor

ENTER ... und schwupps hat der Messenger meine Antwort verewigt und unveränderlich zwischen Nightingale und mich „hingehängt".

Sydney's calling

Ab diesem Zeitpunkt ertappte ich mich immer wieder dabei, dass ich auf dem PC und dem Handy nachschaute, ob der Messenger was ausspucken würde. Schon am nächsten Morgen war es soweit. Ich lag im Bett und war zwischen Traum und Wachsein. Das ist meine kreativste Zeit. Ich erinnere mich dann an Dinge, die halb vergessen, aber wichtig waren. Mir kommen Ideen, was ich Neues anfangen kann, wie ich einer Geschichte, die ich schreibe, einen neuen Dreh geben kann.

PING!

Dieser Ton war mir geläufig. Auf meinem Handy war eine Nachricht per Messenger eingetroffen. Ja, mittlerweile ließ ich es an, auch des Nachts. Ich erinnerte mich, dass ich meiner Schwägerin eine Szene gemacht hatte, als sie bei mir übernachtete und ihr Handy nachts schellte. „Mach das Ding doch mal aus! Wer braucht schon nachts ein Handy?", waren meine Worte. Nun verstand ich

sie besser. Wenn man auf etwas wartet, richtig sehnsüchtig wartet
...

Obwohl ich mir sicher war, dass es nur der Messenger mit einer reinen Textnachricht ist, zog ich mir eine Hose über, bevor ich das Handy aufnahm. Unnötige Mühe, es war tatsächlich eine Textnachricht und was für eine, eine von Nightingale:

"Hi Amor,
first of all, 'You made me so very happy, TOO!' My grandma is fond of getting your words. She likes to be our chief translator.
Aber nun in Deutsch: Guten Tag Herr Amor Amaro! Granny is speaking! Bitte sehen Sie mir meine Fehler nach. Ich lebe seit fast 40 Jahren hier in New South Wales und habe fast ebenso lange kein Deutsch mehr gesprochen oder geschrieben. Mein Name ist Grete Wollerton geb. Krausmann und ich bin gebürtig aus Bochum. Kronenburg kenne ich übrigens gut. Da gibt es doch so einen tollen Soccer Club und diesen schönen Park mit dem großen Turm darin. Und jetzt übersetze ich Gale's Worte:
Es ist in Ordnung, dass du mir in Deutsch schreibst. Ich bin sicher, dass du mir nichts schreiben wirst, was Granny nicht lesen darf und sie liebt es, von dir zu hören, genau wie ich. Nun ein paar Worte über mich:
Ich lebe in Sydney, bin aber in Newcastle geboren und aufgewachsen, wo meine Großmutter immer noch lebt. Deshalb ist es etwas kompliziert, deine Nachrichten übersetzt zu bekommen. Ich bin an die 100 Meilen zu ihr gefahren. Ich musste ihr das ja alles erklären. Demnächst schreibe ich ihr meinen Text per Mail, sie übersetzt ihn und schickt ihn mir zurück. Obwohl es mir auch gefällt, sie nun öfter zu besuchen. Sie ist für mich ein Idol geworden, weil sie sehr intelligent und rege ist, reger als andere Leute in ihrem Alter. Das müssen ihre deutschen Wurzeln sein. Manchmal überlege ich, ob ich nicht Deutsch lerne!
Also ich bin 27 Jahre alt und arbeite in einem Rechtsanwaltsbüro. Als ich dich per Videocall angerufen habe, habe ich in Deutschland einen Private Investigator gesucht. Hier ist einer unserer Klienten gestorben, der aus Deutschland stammt. Er hat bei uns ein Testament gelassen und ich sollte schauen, ob es noch potenzielle Erben in Deutschland gibt. Schade, der Job ist getan, aber vielleicht gibt es in Zukunft mal etwas, wo wir zusammenarbeiten können.
Einige meiner Freunde und Freundinnen nennen mich 'Nighty', aber meine Familie sagt 'Gale' zu mir.

Es war eine schwere und schmerzliche Zeit für mich, bevor wir begonnen haben, uns zu schreiben. Ich habe ein paar Jahre mit einem Mann zusammen gelebt. Er war einer der Anwälte in unserem Büro. Wir haben bereits über Hochzeit und Kinder gesprochen, da war plötzlich

Schluss. Er hat eine andere Frau kennengelernt und hat mich und Sydney vor sechs Monaten verlassen. Es war ziemlich böse, wie er mich verlassen hat. Ich war sehr enttäuscht. Ich konnte mir danach nicht mehr vorstellen, nochmal mit einem Mann zusammen zu leben. Deshalb habe ich ab da sehr hart gearbeitet, quasi Tag und Nacht! Unserer Bekanntschaft scheint einige meiner Wunden zu heilen, lieber Amor.
Kannst du nicht mal zu uns nach Australien kommen? Ich würde dich gerne mal Auge in Auge sehen und Granny ist ganz aufgeregt, mit dir mal Deutsch zu sprechen.
Herzliche Grüße!
Deine Gale
PS: Bitte schreibe schnell zurück! Ich werde für eine Woche in Newcastle bleiben und habe Großmutter direkt 'zur Hand'.

Ich schwebte im siebten Himmel. Es war mir, als würde ich Gale schon ewig kennen. Sogar ihre Großmutter war mir vertraut. Sollte ich wirklich nach Australien fliegen? Ich würde die beiden Frauen gerne kennenlernen, aber Australien?

Ich werde schnell antworten.

Der Chat wird intensiv

Armes Mädchen. Sie hat scheinbar eine sehr große Enttäuschung erlitten. Wie sympathisch sie ist. Ich würde sie sehr gerne treffen.

Und los geht's, hier ist meine Antwort:

Amor: Liebe Gale, ich hoffe, ich darf dich auch so nennen. Nichts wäre mir lieber, als euch kennenzulernen, aber wir Deutschen sind ziemlich 'angewachsen'. Ich meine damit, dass wir so große Reisen sehr selten oder gar nicht machen. Dass du so eine Enttäuschung hattest, tut mir sehr leid. Das muss ein ziemlicher Idiot gewesen sein, wenn er so ein liebes Mädchen wie dich im Stich lässt. So oder so, du hast jetzt einen neuen Großvater, mich! Und ich möchte sehr gerne für dich ein guter Ratgeber sein. Was ist mit deinen Eltern, leben die auch noch in Newcastle? Du musst mir alles schreiben.
Ich bin Single und war noch nie verheiratet. Außer meiner Schwester und ihrer Familie in Bochum, habe ich keine Verwandten mehr. Aber weil ich viele gute Freunde habe, bin ich selten allein. Ich besuche meine Schwester und meine Freunde sehr oft. Wir treffen uns häufig zum Essen.
Geboren bin ich in Italien, auf der großen Insel Sizilien. Meine Familie und ich sind von Sizilien nach Kronenburg gezogen, als ich sechs Jahre alt war. Deshalb spreche ich besser Deutsch als Italienisch. Und wie du weißt, bin ich Privatdetektiv. Schade, dass

ich unseren allerersten Anruf verdorben habe. Sonst hätten wir vielleicht einen beruflichen Grund für ein Treffen gehabt.

Liebe Großmutter Grete, Danke für Ihre Hilfe und Alles Gute.

-:-

Vierzig Minuten später höre ich wieder „PING", mein Messenger hat was:

Gale & Grete: Wir sagen 'Du', Amor, was meinst du dazu? (Grete) Du hast ja ein interessantes Leben, halb in Deutschland und halb in Italien. Wir haben sofort bei Googlemaps nachgesehen, wo Sizilien ist und da sind auch Bilder. Das gefällt uns besser als die Bilder, die wir von Kronenburg gesehen haben. Willst du mal irgendwann wieder zurück?

Hast du als Privatdetektiv schon viele Kriminalfälle gelöst? Ist das eigentlich gefährlich? Schreib uns doch mal was von deinen spannendsten Erlebnissen. Hier in Newcastle bleibt die Zeit stehen. Das Spannendste hier war mal die Tätersuche, als von unserem Nachbarn ein Huhn überfahren worden ist.

Bitte antworte schnell, wir sind sehr gespannt!

Bevor ich antworten kann, schreibt Gale ALLEIN!

Hi Amor,
to make my point of view very clear, I do not need a new GRANDPA. I search a man to live with. You must imagine how beautiful it will be You and I together as a couple. I am young, really sexy and I love you.
But please, do not mention this message to Granny! Okay?
Yours Gale

-:-

Oh! Intuitiv verstehe ich, was sie schreibt 'I love you' ist so ziemlich jedem geläufig. Ich brauche noch ein wenig mit http://leo.org. Um ganz sicher zu sein, übersetze ich Wort für Wort:

'Hi Amor, zu machen meinen Blickpunkt sehr klar, ich tue nicht brauchen einen neuen OPA. Ich suche einen Mann zu leben mit. Du musst vorstellen wie schön es wird sein Du und ich zusammen als Paar. Ich bin jung, wirklich sexy und ich liebe dich.
Aber bitte, erwähne nicht diese Nachricht zu Granny! In Ordnung? Deine Gale.'

Liest sich komisch, aber ist doch sehr klar. Die junge Dame will ein Verhältnis mit mir. So war es nicht gedacht, wie gesagt bin ich 'Verbalerotiker' und der Altersunterschied ... kann mir eigentlich egal sein. Ich erwische den besseren Teil des Deals. Aber dass Granny Grete nichts davon wissen soll, macht mich stutzig. Lasse ich das jetzt in Gales Sinne weiterlaufen oder stelle ich sofort klar, dass ich die Sache anders sehe, platonischer?

Ach Quatsch, es noch ein bisschen laufenzulassen, kann nicht schaden:

Amor: „Dear Gale, your last message is very complimentary* for me. You know I am 67 and slightly* overweight*. Yes, I can imagine us as a couple, but it is difficult. You must give me some time to think it over. At first I write another message for you both."

* Danke http://leo.org! Dort habe ich mir die Worte zusammengesucht 'schmeichelhaft', 'ein bisschen' 'übergewichtig' und dass ich mir vorstellen kann, sie und ich als Paar, aber nur schwer. Und dass sie mir Zeit zum Überdenken geben soll.

Mehr kann ich ja nun wohl ehrlicherweise nicht tun, um den Ball in der Luft zu halten. Mal sehen, ob sie mir Zeit gibt und wie lange.

Und nun noch die Nachricht, die auch Granny Grete lesen darf:

Amor: Ja, lasst uns 'Du' sagen und schreiben. So interessant war mein Leben zwischen Italien und Deutschland nicht. Als ich hier ankam, konnte ich kein Wort Deutsch. Meine Eltern wurden 'Gastarbeiter' genannt. Die meisten Leute hier haben uns abgelehnt. Erst als andere 'Gastarbeiter' aus Spanien kamen, aus Portugal, Griechenland und später aus der Türkei, da waren wir etwas besser angesehen. Das weißt du doch sicher noch, Grete. Mein Papa hat im Stahlwerk hart arbeiten müssen und Mama hat bei anderen Leuten geputzt. Aber wir Kinder durften alle zu guten Schulen gehen und ich bin sogar Ingenieur geworden. Das hat mir Spaß gemacht, aber als ich so ungefähr sechzig war, hatte ich keine Lust mehr und bin stattdessen Privatdetektiv geworden. Ja, manchmal war es schon gefährlich. Einmal musste ich vor einem Killer fliehen und habe dazu eine schmale Lücke zwischen zwei U-Bahnzügen genutzt , um durch das Gleisbett zu entkommen. Ein türkischer Zuhälter hat mich mal verprügelt, als ich nachts durch Kronenburg gegangen bin. Und erst kürzlich habe ich dem Sohn von meinem Freund Hans geholfen, als der in Italien Urlaub gemacht hat. Dem hatten welche von der Mafia den Rumpf eines Afrikaners in den Kofferraum gelegt. Ich habe die Geschichten alle unter dem Pseudonym 'Marco Toccato' aufgeschrieben und veröffentlicht. Das war schon spannend, aber meistens war es vor allem lustig. Soll ich euch mal eBooks schicken? Ich glaube richtige Bücher brauchen sehr lange, bis sie bei euch ankommen.

Einmal hat mir ein Bekannter eine Begebenheit aus seiner beruflichen Laufbahn erzählt. Er hatte einen Partner der war bekennender Swinger und hat eine Situation ausgenützt, um ihn und vor allem seine Frau zu einem langen Wochenende nach Wien einzuladen, wo er einen Partnertausch vorhatte. Da ging es ziemlich durcheinander. Als ich das niedergeschrieben habe, wusste ich manchmal selbst nicht, ob mein Held im Buch gerade träumte oder reale Erlebnisse hatte. Ich glaube Hans ist das auch nicht klar, obwohl er es selbst erlebt hat.

Ich werde euch gleich eBooks senden. Gebt mir bitte eine eMail-Adresse, wohin ich sie senden soll. Ihr müsst mir unbedingt schreiben, wie euch die Bücher gefallen haben, auch dann, wenn ihr sie schlecht findet.

Ich warte, bis später!

Euer Amor

-:-

Gale & Grete: Hi Amor,
unsere eMail-Adresse nightingale.o.....@netmail.au*. Jetzt sind wir sehr gespannt auf ein Buch von dir. Bitte schicke es als EPUB. Vielen Dank!

Deine Gale und Grete

* Ich halte die Dame inkognito und außerdem ist es ja *meine* „Geschichte der O."

-:-

Am besten sende ich ihnen „Amor Amaro und die tote Domina". Das ist das kürzeste und beliebteste, wie mir einige LeserInnen geschrieben hatten.

Es wird sicher dauern, bis ich wieder was von den beiden hören werde.

Von: Marco@MarcoToccato.com
An: nightingale.o.....@netmail.au
Betreff: eBook
Hi Gale und Grete,
im Anhang ist mein Buch mit der toten Domina. Darin kommt die Szene vor, wo ich von dem Türken verprügelt werde. Es ist nicht alles wirklich passiert, was im Buch steht. Ich habe auch einiges dazu erfunden, aber der Kern ist wahr.
Viele Grüße und viel Spaß beim Lesen
Euer Amor / Marco
Anhang: Amor_Amaro_und_die_tote_Domina.EPUB

Eine schlechte Kritik

Die nächste Nachricht kam nach anderthalb Tagen, wieder nur von Gale allein. Der Ton hatte sich geändert:

Gale: Granny has read your book to me. I loved it in the beginning. Very humorous and I was able to imagine the places and people very well. But just before you are walloped you left a woman called Marion and your description seems to me as if she is your girlfriend that you love and she loves you. Is this right? Didn't you write you are single?
If so you must finish this relationship as soon as possible. WE will be a couple and I do not accept other women at your side and in your bed. I hope this is as clear as I wrote it. Please confirm that you understand all of my messages and that you finish your adventure with Marion a.s.a.p.
Gale

-:-

Auweia, jetzt ging's anders rund. Sie fand mein Buch sehr humorvoll und sie konnte sich die Orte und Personen gut vorstellen ... am Anfang. Aber ab der Beschreibung der Nacht, die ich mit Marion verbracht hatte, gefiel ihr das Buch gar nicht mehr. Sie forderte, dass ich Schluss mache mit Marion, weil WIR ein Paar seien.

Andere Frauen akzeptiere sie nicht an meiner Seite und schon gar nicht in meinem Bett. Sie verlangte, dass ich Schluss mache mit Marion und ihr, Gale das a.s.a.p. (so schnell wie möglich) versichere.

Mist! Mal wieder so eine Art Beziehung, die keine Zukunft hatte. Ich wollte gar nichts von Gale, außer mit ihr chatten und sie vielleicht mal irgendwann treffen. Wie ein verbalerotischer Großvater oder so ...?

Von Marion trenne ich mich NIE!

Amor: Dear Gale,
many regards for Grete and all my best wishes. I will NOT finish my relationship with Marion. She is the love of my life. Farewell, good bye and thank you for the beautiful chat we have had.
Your Amor

Das schrieb ich ihr und nun wird wohl der Faden abreißen, dachte ich.

-:-

Denkste, zehn Minuten später kam eine neue Nachricht.

Gale: Hi Amor,
Okay! But what do you think about having sex together. My name is Hilde Schmitz. Ich habe ein Zimmer in dem Haus, das man aus dem Zug sieht, wenn man in Düsseldorf in den Hauptbahnhof einfährt. Das Fenster mit der großen Nr. 15 drauf ist es. Ich mache alles, wenn du weißt, was ich meine und ich bin nicht sehr teuer. Ich freue mich, komm bald!
Ich bin schon ganz heiß auf dich!
Deine Gale / Hilde

-:-

Kürzlich traf ich meinen Freund Hans: „Mensch Amor, ich muss dir eine tolle Geschichte erzählen. Frühmorgens klingelt mein Handy und ich sehe in dem Videoanruf eine hübsche, junge Frau. Wir kommen ins Plaudern. Sie lebt in Australien und hat eine schwere Zeit hinter sich ..."

Da habe ich ihn unterbrochen und fortgesetzt: „Ihr Name ist Nightingale O. und sie sucht einen älteren Mann fürs Leben, nachdem sie von einem jüngeren fürchterlich enttäuscht wurde!"

Assoziationskette „Basketball"

Basketball, Korb, Markt, frisch, Spargel, weiße Sauce, Sauciere, Schöpflöffel, Löffel, Hasenohren, kleine Kötelchen, wie Bälle, kleiner als Basketbälle, zu klein für Dirk Nowitzki, Basketball

Beim **Basketball** wirft man mit einem Ball auf einen <u>Korb</u> und wenn der Ball da reingeht, bekommt man Punkte. Das ist ein Korb, der unten offen ist, nicht wie die für den <u>Markt</u>, in die man <u>frische</u> Ware, zum Beispiel <u>Spargel</u> legt. Zuhause gibt es dazu dann <u>weiße Sauce</u> aus einer <u>Sauciere</u>. Man kann daraus gießen, aber vornehmer ist es, einen <u>Schöpflöffel</u> zu benutzen. Das ist ein <u>Löffel</u>, der tief ist, ganz anders als <u>Hasenohren</u>, die man auch Löffel nennt. Hasen sieht man selten, viel öfter deren <u>kleine Kötelchen</u>, die <u>wie Bälle</u> aussehen, aber viel <u>kleiner als Basketbälle</u> sind. Sie wären <u>zu klein für Dirk Nowitzki</u> beim **Basketball**.

Besinnliches

Zitat

"Ich glaube, man sollte überhaupt nur solche Bücher lesen, die einen beißen und stechen. Wenn das Buch, das wir lesen, uns nicht wie mit einem Faustschlag auf den Schädel weckt (oder einen in den Solarplexus atemlos macht – Anmerkung des Autors), wozu lesen wir dann das Buch? Damit es uns glücklich macht, wie Du schreibst? Mein Gott, glücklich wären wir eben auch, wenn wir keine Bücher hätten, und solche Bücher, die uns glücklich machen, könnten wir zur Not selber schreiben. Wir brauchen aber die Bücher, die auf uns wirken wie ein Unglück, das uns sehr schmerzt, wie der Tod eines, den wir lieber hatten als uns selbst, wie wenn wir in Wälder vorstoßen würden, von allen Menschen weg, wie ein Selbstmord, ein Buch muß die Axt sein für das gefrorene Meer in uns." „Zweifellos ist in mir die Gier nach Büchern. Nicht eigentlich sie zu besitzen oder zu lesen, als vielmehr sie zu sehen, mich in der Auslage eines Buchhändlers von ihrem Bestand zu überzeugen."

Franz Kafka

Bitte legen Sie Zitat nicht so aus, dass Sie nicht mehr weiterlesen sollten. Es steht hier, damit Sie wissen, dass ich durchaus selbstkritisch sein kann.

-:-

L'enfant et les sortilèges

Auf dem Rückflug von Wien nach Düsseldorf. Ich hatte mich wieder aufgeregt. Fliegen war nicht mehr meine Reiseart! Der Flughafen Schwechat platzte aus allen Nähten am Freitag vor dem Wochenende vor Heiligabend. Alle wollten weg oder hin ...? wie auch immer. Es galten die Corona-Grundregeln, Abstand halten, Maske tragen, Händewaschen ging nur eingeschränkt.

Selbst im entspannten Wien spürte man Anspannung. Niemand wartete auf mich und dennoch war ich zornig. Menschen saßen auf den Sesseln, manche schliefen über drei Sitze verteilt, dafür mussten andere auf dem Boden sitzen. Wenigstens mein Buch gefiel mir „Die Buddenbrooks" auf Papier! Ich war der Einzige, der ein Papierbuch in der Hand hatte.

Links neben mir eine zierliche Italienerin sah sich auf dem iPad einen Film an und twitterte parallel auf ihrem Handy. Auf der andern Seite wartete eine Griechin von etwa fünfzig Jahren auf den ebenfalls verspäteten Abflug nach Athen. Ich saß an deren Gate, weil bei meinem kein Platz frei war. Die Griechin schien mit mehreren Familienmitgliedern per WhatsApp-Voice parallel zu konferieren. Sie machte Pausen, die erträglich waren. Aus ihrem Handy quakte ein Mann. Dann plötzlich wechselte sie wohl den Adressaten und sonderte mit ihrer durchdringenden Stimme in hoher Geschwindigkeit Laute ab. Ich habe nichts verstanden, nur mein rechtes Ohr tat weh.

Ich musste mich vollkommen verdrehen, um die Anzeige an meinem Gate sehen zu können. Wie „Berlin-Tegel"? Wo war mein Ziel Düsseldorf? Ich sprang auf und rannte zum nächsten Bildschirm in der Bar nebenan. Aha, nicht mehr Gate 36 sondern 39, da habe ich Glück gehabt, sie haben nicht zu einem Gate im anderen Terminal gewechselt. Keine Ansage war zu hören gewesen, Wien sei ein „stiller" Flughafen, sagte man mir. Genau so wenig gab es eine Mail bezüglich der neuen Startzeit 19.05 statt 18.35. Eurowings-Kunden sind intelligent! Die können das kompensieren.

Jetzt war mein Sitzplatz weg und ein anderer hörte sich griechische Tiraden an. Mein Bein schmerzte; ich hatte es mir vor einigen Monaten gebrochen.

Endlich begann das Boarding. Im Einsteigerüssel staute sich wie üblich die Menge der Mitfliegenden. Diese Fluglinien sind genial, ihre „besten" Kunden sitzen vorne (übrigens auf den gefährlichsten Plätzen) und dürfen zuerst einsteigen. Bis die sich aufgerafft und ins Flugzeug begeben haben, vergeht Zeit. Dort an ihrer Sitzreihe eins bis sechs angekommen, brauchen sie Zeit, um ihr Handgepäck zu verstauen. Zeit die reicht, um den Stau im Rüssel zu vergrößern. Dort stehen die, die in die Reihen dahinter wollen. Nachdem ich die Reihen der Privilegierten hinter mir habe, geht es ähnlich weiter. Sicherheitshalber packe ich meinen Bordcase schon über Reihe neun in das Ablagefach, obwohl ich in Reihe zweiundzwanzig sitze. Bis ich dort bin, sind alle Fächer voll.

Geschafft! Ich sitze wie immer auf dem Platz am Gang und hole die Buddenbrooks raus. Eine zierliche, junge, sehr schöne Frau setzt sich auf die andere Gangseite. Sie sieht aus, wie eine Balletttänzerin, ist recht klein, sehr schlank und hat große braune Augen. Lange dunkle Haare rahmen ihr schmales, leicht oliv getöntes Gesicht ein. Kaum sitzt sie, trinkt sie aus einer Riesenthermosflasche mit Metallverschluss. Wie hat sie die durch die Sicherheitskontrolle gebracht? Am liebsten würde ich sie fragen, aber ich traue mich nicht. Ich habe Angst, sie könnte es als lästige Anmache eines alten Sacks auffassen.

Zurück zu den Buddenbrooks, soeben stirbt die alte Konsulin. Faszinierend wie Thomas Mann eine eigentlich langweilige Geschichte mit seiner schnörkeligen Sprache packend gestaltet hat. Ich schaue nochmal nach links zu meiner Balletttänzerin. Sie studiert eine Partitur „L'Enfant et les Sortilèges". Was heißt „Sortilèges" (ich hab nachgesehen „Zauberspuk")? Ich traue mich wieder nicht zu fragen, warum, siehe oben.

Die Buddenbrooks habe ich beiseitegelegt. Die junge Frau hat sich in eine Blase hoher Konzentration eingeschlossen. Ich habe mich leise, ohne dass sie es bemerkt, in diese Blase eingeschlichen und genieße es, ihre stille, intensive Aura zu teilen. Mir wird klar, sie ist Sängerin und studiert diese Oper von Ravel. Wie schön muss es sein, so seinen Lebensunterhalt zu verdienen.

Die anderthalb Stunden Flug sind schnell vorbei für mich. Die erneute Hektik beim Aussteigen kann mich nicht mehr tangieren. Heute Abend wird mich nichts mehr aufregen. Ich hadere nur mit meinem Alter und dem Weg, den ich im Leben gewählt habe.

Schluss macht der Mächtigere

Die Person, die bei einer Zweierbeziehung Schluss macht, ist die mächtigere. Eine Beziehung beruht darauf, dass zwei Menschen eine „gemeinsame *Möglichkeit*" haben, die Grundlage der Liebe ist. Wenn ein Teil in der Beziehung diese *Möglichkeit* nicht mehr braucht oder sogar mittlerweile ablehnt und auf sie verzichten kann, will oder sogar muss, weil es für sie oder ihn nicht mehr auszuhalten ist, dann ist der Teil der mächtigere. Der oder die Partnerin will oder kann die Grundlage der Beziehung nicht aufgeben, mithin ist dieser Teil der schwächere.

Spieltheorie: Spiel des Lebens

Da sitzen zwei und spielen „Das Spiel des Lebens". Sie simulieren eine Umgebung, in der ihr simuliertes Ökosystem *noch* funktioniert. Wenn man mehr Wölfe zuließe, würde die Kaninchenpopulation reduziert. Dann müsste man Wölfe erschießen oder warten, bis sie mangels Kaninchen verhungern.

"Meine Güte, ist das langweilig."

"Schau amal, da muckt Einer auf. Was passiert, wenn man diese *Menschen* mit Intellekt versähe?" fragt der eine.

"Die machen dann Gewinnoptimierung" sagt der andere.

"Soll'n wir's mal riskieren?"

"Das geht ins Auge, ich sag's dir!"

"Ej Scheisse, guck mal, die machen das Ökosystem kaputt."

"Ne komm, stopp das, die machen uns alles kaputt und wir müssen wieder von vorne anfangen."

"Ich versuch's ja, aber es klappt nicht. Die haben sich verselbstständigt. Und nun?"

Es wird wieder Zeit für Dummes Zeug

Die Zeichen der Zeit

 **Marco Toccato**
22. August 2019 · 🌐   •••

»„Papa sagt immer, wenn ich ihn frage, was sich in Cesenatico
verändert hätte: ‚Die Arschgeweihe werden breiter!' und er meint
damit die Damen, die wir in all den Jahren regelmäßig am Strand
gesehen haben.« Aus "Amor Amaro - Das schwarze Bein im Porto
Canale"

https://www.amazon.de/Amo.../dp/B07987PKH5/ref=mp_s_a_1_1...

Aus den Ruhr Nachrichten heute.

Überflüssige Körperkunst

Von Barbara Mersmann

Ich persönlich halte nichts von Tattoos. Bei anderen finde ich sie – manchmal – schön anzu-
sehen, an mir finde ich sie überflüssig. Dabei gibt es ja auch durchaus schöne Motive.
Aber ob ich diese ein Leben lang auf mei-
ner Haut tragen will – da bin ich skeptisch. Zumal die Haut
ja mit den Jahren nicht unbedingt glatter wird... Für manche Tattoo-Träger braucht es aber oft gar nicht so viel Zeit,
um die bunten Bildchen auf ihrem Körper sattzuhaben. Un-
zählige Fernsehsendungen wie „Horror-Tattoos" können ein
Lied davon singen. Doch was, wenn ein sogenanntes „Co-

Capri

Ja, das war gelborange, wässerig und schmeckte wie gefrorener Kürbissaft. Zu meiner Zeit für 30 Pfennige *anner Bude* zu haben.

Zum Auto: Seit Jahrzehnten will ich ein Bild fotografieren, das sieht aus wie folgt:

In einer Bergmannssiedlung, ähnlich Felicitas (Dortmund-Hörde) mit Häusern aus dunkelroten Ziegelsteinen mit kleinen Gärten dahinter, in denen ein Schuppen mit dem Donnerbalken steht, steht am Straßenrand ein caprieisoranger Ford Capri, tiefergelegt, mit extrem verbreiterten Kotflügeln *'für so richtich breite Schluffen, woll'*.

Leider hat der Besitzer einen finanziellen Engpass, er hat ganz schmale Räder mit Diagonalreifen montiert. Man sieht den Capri mit Blick auf die Front. Der Besitzer steht stolz daneben, hat die Fahrertür leicht geöffnet und seine rechte Hand zeigt lässig zum Auto und die linke zeigt das Zeichen für gut. Er trägt gewissermaßen Partnerlook, ist caprieisblond, pickelig, lang und dürr. Ein dünner Schnurrbart besteht nur aus Fuseln. Er trägt über seine schmale Brust ein weißes, schlabberiges Unterhemd. Seine streichholzdünnen, blassen Beine sind behaart wie mit abstehenden Kaktusstacheln und stecken in viel zu breiten Shorts, die aussehen, als wären sie für Shaquille O'Neal gemacht worden. Die Beine schauen aus den Shorts, wie die schmalen Reifen aus den Kotflügeln, eben Partnerlook.

-:-

Und noch eines:

Mal wieder verliebt
Er starrte lange
Die Frau war schön
Ihm wurde bange
Sie so zu sehen

Er traute seinen Augen nicht
Es war kaum zu glauben
In diesem späten Licht
Schien sie ihm den Verstand zu rauben

Das war nicht mehr er
Verschleiert war ihr Blick
Es fiel ihm schwer
Er konnte nicht mehr zurück

Er wollte sich nicht beschweren
Doch schien er mit sich zu raufen
Wenn da nicht die zwei Knicke wären
Würde er den *Playboy* kaufen

(Aus „Amor Amaro beendet die diXXda-Verschwörung")

-:-

Ich liebe Gartenarbeit, vor allem dann, wenn ich anderen dabei zusehen kann.

-:-

„Liebeskummer ist für die meisten Menschen eigentlich der Normalzustand." *Major Palfinger in „Die Toten von Salzburg"*

Kommunalwahlkampf 2020 in Dortmund

Marco Toccato
28. August 2020 um 14:52 · 🌐

Das spricht für sich selbst!

„*Geschmackvolle* Plakate …"

… und unverständliche?

 Marco Toccato

Man sagt ja immer, man soll sich mit allen Parteien und ihren Programmen auseinandersetzen, aber hier habe ich aufgegeben. Was meinen die? Wollen sie

NIE wieder SALAMI

oder beklagen sie einen Missstand, weil es nirgends mehr SALAMI gibt? Ist die SALAMI das neue Klopapier?

oder meinen sie, das manche Mitbürger keine SALAMI essen wollen. Mitbürger aus Istanbul und wollen sie die dazu bewegen, sie zu wählen? Glaube ich nicht!

Kann mir jemand helfen?

Chronik-Fotos · 28.08.2020 · 👍

Aber es gab auch Witziges. Leider habe ich kein Foto davon. Aber die Herrschaften von „Die Partei" schrieben auf ihr Plakat, das am selben Laternenpfahl unter einem der CDU hing: Nur weil deren Plakat höher hängt, sind sie nicht besser. Die haben nur längere Leitern.

-:-

Entdeckt in einem Discounter-Markt

-:-

Den Aufkleber gibt es gratis von mir. Eine saubere Lösung!

-:-

Also nur "sinngemäß", die Formulierung© ist von mir!

 **Vor 3 Jahren**
Deine Erinnerungen anzeigen >

 Marco Toccato
24. Oktober 2018 · ©

Heute Abend im @zdf lanz: Karl Lauterbach / SPD sagt sinngemäß
"Wir schlucken Kröten, um Lilien scheissen zu können!"

 Chris Werner und Linda Berghofer ⠀⠀⠀⠀⠀⠀ 1 Kommentar

Man sieht, Herr Lauterbach war schon vor Corona aktiv.

-:-

Bald ist es wieder soweit!

Frust

„Wir denken selten an das, was wir haben, aber immer an das, was uns fehlt."
A. Schopenhauer

Ein junger Mann hetzt zur Arbeit. Auf dem Weg dorthin ruft ihn sein Chef an, macht ihm Vorwürfe, droht ihm mit Kündigung, nennt ihn einen Versager. Eine Chance würde er ihm, dem Schlappschwanz noch geben. Doch danach wäre Schluss, droht er ihm.

Der junge Mann pflegt sein Handy auf Lautsprecher zu stellen und hält es mit gespreizten Fingern waagerecht vor seinen Mund, so wie es heute angesagt zu sein scheint. Währenddessen läuft er weiter, um seine U-Bahn zu kriegen.

In der U-Bahn ruft seine Mutter an. Er wäre schon lange nicht mehr bei ihr gewesen. Er sei ein undankbarer Sohn. Womit sie das verdient hätte, fragt sie. Wenn er dieses Wochenende nicht zu Besuch käme, würde sie ihn enterben. An allem wäre seine Frau schuld. Sogar das Enkelkind würde sie ihr vorenthalten. Er solle sich endlich mal durchsetzen, der Schlappschwanz. Er kommt nicht zu Wort. Wieder hat er das Handy waagerecht vor seinem Mund. Alle in der U-Bahn hören mit und drehen sich peinlich berührt weg. Um ihn herum ist Platz, auch wenn die U-Bahn eigentlich überfüllt ist.

Er schwitzt. Sogar die Achseln seines Jacketts sind fleckig. Die Krawatte hat er gelockert und den obersten Hemdknopf geöffnet. Ihm läuft der Schweiß in Strömen vom Kopf an Nase und Hals herunter.

Seine Station ist erreicht. Er will zur Besprechung mit einem wichtigen Kunden. So wie er aussieht, kann er dort nicht auftauchen. Er geht im Bürogebäude des Kunden auf die Herrentoilette.

Sein Handy klingelt. Seine Frau ist dran. Sie meint, er würde sich das Leben einfach machen, in der Weltgeschichte rumgondeln, seinem Vergnügen nachgehen, nichts für seine Familie tun und wie ein Schlappschwanz allen Auseinandersetzungen aus dem Wege gehen. Er solle bloß nicht damit kommen, dass sie am Wochenende seine Mutter besuchen sollten.

Er meint, allein zu sein und hält wie immer sein Handy waagerecht und es ist auf Lautsprecher gestellt. Eine der Toilettentüren wird geöffnet und sein Kunde kommt heraus. Er geht kopfschüttelnd an ihm vorbei und murmelt „Schlappschwanz"!

Da zuckt sein Kopf ruckartig nach vorne und er beißt ein Stück aus dem Handy, als wäre es eine Tafel Schokolade.

PS: Ich halte das für eine sehr gute Werbeidee für Tafelschokolade. Sollte jemand in der Branche arbeiten, die Idee ist noch nicht verkauft. Bitte wenden Sie sich an mich!

Apropos Werbeidee: Ich habe schon mehreren Hobbyimkern angeboten, ihren Honig mit einem packenden Produktnamen zu benennen.

„Schleudertraum"

war mein Vorschlag. Ebenfalls noch frei, sprechen Sie mich an!

Anspruchshaltung

Wessie: „Schau mal, zum Beispiel im Saarland und im Ruhrgebiet werden Qualifizierte auch prekär."

Ossie: „Aber uns wurden blühende Landschaften versprochen und wir haben uns auch Wohlstand ausgemalt. Für das, was wir heute haben, hätten wir doch nicht unsere DDR geopfert!"

-:-

Bitte das Folgende nicht missverstehen. Ich möchte niemandem zu nahe treten. Es ist aber so, dass ich mir diese Gedanken bei irgendwelchen Anlässen notiert habe, weil sie mir typisch erscheinen für die Einstellung mancher Menschen. Diese Anlässe kenne ich erst seit der Wende, ähnlich wie manche anderen Phänomene. Ich hoffe, ich habe mich neutral genug ausgedrückt.

Meine Meinung ist, dass die Wende von uns Wessies „mental" verrissen wurde. Ich kann mich erinnern, dass ich 1992 auf einem Kongress in Chemnitz war. Der fand im damals größten Hotel der Stadt statt. Das größte in jeder Beziehung, ich meine, es hätte 26 oder noch mehr Stockwerke gehabt. Mein Zimmer war im 24. Stock. Das Hotel war sauber und aufgeräumt und sicher eines der modernsten und besten, die man auf dem Gebiet der ehemaligen DDR finden konnte. Die wirtschaftliche Lage der DDR war aber so, dass mit allem sparsam umzugehen war. Unten war es so ähnlich wie beim bekannten „Lampenladen vom Erich", aber die Zimmer wiesen einige Besonderheiten auf.

Mehrere Abende vor dem Schlafengehen kämpfte ich mit Unannehmlichkeiten. Machte ich das Fenster auf, roch es schnell nach verbranntem Zweitaktergemisch von Trabbis und Wartburgs auf den Straßen, selbst im 24. Stock.

Ließ ich das Fenster zu, roch es nach *„Plasten und Elasten aus Tschkopau"*. Den Spruch hatte ich mal an irgendeiner Autobahnbrücke auf dem Weg nach Berlin gelesen. Der Geruch wurde von einem kleinen Läufer auf dem Boden, der zwar orientalisch aussah, aber aus einer Kunstfaser war. So auch die Polsterung eines kleinen Sessels. Diese Textilien hatten eine geschätzte Halbwertszeit von wahrscheinlich dreißig Jahren. Ich nahm an, dass sie danach eben nur noch halb so viel Härter- oder Weichmacherausdünstungen abgeben würden.

Einmal wollte ich meine Badewanne befüllen. Der Durchlauferhitzer hing im Badezimmer an der Wand mitten zwischen Waschbecken und Wanne. Sparsam und an sich genial war das so gedacht, dass durch Schwenken des Auslaufrohres nach rechts das Wasser ins Waschbecken floss und nach links sollte die Badewanne befüllt werden. Es gab nur ein Rohr, man sparte ein zweites.

Dumm war nur, dass das ursprüngliche, lange Exemplar in meinem Badezimmer irgendwann durch ein ganz normales kurzes ersetzt worden war. Es war lang genug für das Waschbecken aber zur Badewanne fehlten etwa fünfzehn Zentimeter. Wäre der Auslauf nach links gedreht, würde das Wasser an der Badewanne außen runterfließen.

Ich rief die Rezeption an. Als ich mein Problem erklären wollte, kam man mir zuvor. „Ich nehme an, dass Sie baden wollen!", unterbrach mich der Portier. „Warten Sie ein paar Minuten, ich bin gleich bei Ihnen."

Er kam schnell und hatte eine Kehrschaufel in der Hand. Sehr zielgerichtet ging er ins Badezimmer, drehte den Auslauf zur Badewanne, hielt die Kehrschaufel schräg zur Wanne geneigt darunter und ließ das Wasser laufen. Es passte genau.

-:-

Jeden Morgen beim Frühstück dort wunderte ich mich über das Publikum. Es waren fast ausschließlich Männer mit ausgesprochen maskuliner Ausstrahlung. Testosteron hing in der Luft. Die Meisten Hotelgäste sahen aus, wie Kiezgrößen in Seidenanzügen. Ich fühlte mich, wie einst Prinz Eisenherz in einem Raubritterlager.

-:-

Zurück zur Anspruchshaltung: Mein Gefühl stimmte. Ich war zwar nicht Prinz Eisenherz, aber es war ein Raubritterlager. Was ich sah, waren die ganz Schnellen aus dem Westen, die den Bären verteilten, bevor er geschossen war.

War es die Treuhand?

Es gibt ein sehr gutes Buch zu den Vorgängen in dieser Zeit des Wilden Ostens. Der Titel ist „Die blaue Liste" von Wolfgang Schorlau. Darin wird sehr gut beschrieben, wie das Volksvermögen der ehemaligen DDR-Bevölkerung die Besitzer wechselte.

Der materielle Schaden der dabei entstanden ist, ist das eine, aber der Einfluss auf die Stimmung, das Gefühl und das Selbstverständnis der Übernommenen oder besser gesagt der Einkassierten hat irreparable Schäden hinterlassen, die erst mit den Menschen sterben, denen so mitgespielt wurde.

Noch etwas Dummes Zeug

Prokrastination verlängert das Leben!

"Du willst doch immer ganz alt werden!" „Ja, muss ich ja, weil ich habe noch so viel vor, aber keine Lust anzufangen."

-:-

Product Placement

Bevor der eigentliche Titel erscheint, steht da:

Der Film enthält Produktplazierung - Wer sie entdeckt, kann eine Reise auf der Aida gewinnen.

Achtung im Restaurant

Der Koch sagte mir, „Vorsicht! Die Involtini sind mit Zahnstochern fixiert."

Das ist seitdem mein Grund, warum ich meine benutzten Zahnstocher durchbreche.

Klischee: „Italiener können alle singen!"

Häufig werde ich auf Feiern gefragt, ob ich nicht ein schönes italienisches Lied singen könne. Der zweite Satz ist oft, „Italiener können doch alle singen!"

Ich lehne immer ab: „Ich kann nicht singen. Ich kann nur gut Leute imitieren, die singen können."

Sind Amerikaner höflich oder verklemmt?

Wir waren in den USA. Uwe mit Frau und Kind und meine Frau und ich. Eines Tages fanden wir endlich ein Restaurant, das den Namen verdiente. Es hieß „The Wharf" und war an der Küste von Oregon gelegen. Dort gab es tatsächlich auch anderes auf der Speisekarte als Hamburger-Variationen. Es war klein und gut besucht.

Uwe ging zur Toilette. Er war schnell zurück und bald wurden unsere Bestellungen serviert.

Zwischen den Tischen fast durch das ganze Lokal hatte sich eine Schlange gebildet. Ihr Anfang war an der Tür zur Toilette. In Deutschland wären schon erste laute Rufe zu hören gewesen und Beschwerden ans Personal gegangen. Doch keiner in der Schlange sagte etwas oder beschwerte sich.

„Sag mal! Was ist da los?", fragte ich Uwe.

„Die wollen auf's Klo.", sprach er mit vollem Mund. Er schluckte seinen Bissen runter. „Verstehe ich auch nicht, nachdem ich drauf war, ist niemand mehr reingegangen. Es müsste frei sein."

Uwes Englisch war lückenhaft. „Wenn da auf dem Rädchen vom Schloss ‚Occupied' steht, dann bedeutet das doch ‚Frei' oder?"

Sabine am Bahnhof

Es geht zurück. Drei Wochen Arbeit in Wien sind abgeschlossen. Drei Wochen mit je sechs Tagen à zwölf Stunden. Ich bin platt und will nur noch nach Hause. Mein Zug steht am Gleis des Westbahnhofs und ich suche meinen Wagen mit dem reservierten Sitzplatz. Fast wäre ich in jemand reingerannt. „Entschuldigung, ich ..."

Sabine steht vor mir. Ihre Augen sind weit aufgerissen und ihre Lippen zusammengekniffen."Du fährst einfach so los? Willst du Schluss machen?", schreit sie mich an. „Das kannst du nicht."

„Sabine", versuche ich sie zu beruhigen. „das war doch nie Liebe zwischen uns. Die paar Umarmungen und Küsse. Es ist Freundschaft. Sieh das bitte ein!"

„Aber ich habe deinetwegen gerade meinen Mann verlassen."

Ihr Gesicht ist verzerrt. Die Augen sind schmal und sie spuckt mir geradezu die Worte ins Gesicht: „Du selbstverliebtes Arschloch, was meinst du, wer du bist? Freundschaft? Das ich nicht lache. Komm mir nie mehr unter die Augen. Ich verabscheue dich und du wirst mir das noch büßen."

„Aber Sabine", mein Herz rast. Ich möchte sie nicht zur Feindin.

Patsch! Sie hat mir eine runtergehauen. Meine Wange ist heiß. Meine Hände zucken hoch. Vor den Augen habe ich rote Schleier. Das lasse ich mit mir nicht machen. Wieder einmal treibt sie mich zum Wahnsinn.

Ich habe sie fest an den Oberarmen gegriffen und nah an mich heran gezogen. In ihren Augen sehe ich Angst, große Angst so als meint sie, ich könnte ihr Mörder werden ...

Ich muss erklären, dass ich immer dann Probleme mit mir und meiner Psyche habe, wenn ich mich ungerecht behandelt fühle, wenn man mich nicht ausreden lässt oder gar wenn man mich schlägt. Je nach Schweregrad habe ich mich dann nicht mehr im

Griff. Es ist, als wenn in mir ein Tier tobt, das reflexartig reagiert und durch nichts zu stoppen ist, schon gar nicht durch mich. In mir brodelt pure Mordlust.

Ich könnte in Schwierigkeiten kommen. Ein belebter Bahnsteig eines Bahnhofs ist für einen Mord im Affekt ein denkbar schlechter Ort.

„Paul! Paul! Komm zu Verstand."

Ich habe Glück! Thorsten ist stärker als ich. Er löst Sabine aus meinen Händen und starrt mir nun befremdet in die Augen.

Ich komme zur Besinnung. Der Bahnhof ist sehr voll, aber nichts im Vergleich zu dem Bahnsteig, auf dem wir gerade sind. Um mich herum stehen in mehreren Kreisen Menschen mit sensationslüsternen Blicken. Etliche Handys laufen und nehmen meinen Ausraster für Interessierte bei Facebook und Instagram auf.

„Lachen!", zischt mir Thorsten zu, während er sich bei mir wie freundschaftlich unterhakt. Dasselbe hat er wohl auf seiner anderen Seite mit Sabine gemacht, denn die lächelt schon glücklich und wir drei ziehen zusammen den Bahnsteig lang. Anfangs war es wie Spießrutenlaufen. Die Hobbyfilmer sind nur ungern bereit, uns durchzulassen. Das geht so, bis wir aus dem Gewusel heraus sind.

Wir haben Glück, unser Waggon ist der vorletzte des Zuges. Die ehemals aufgebrachte Menge steht nun ratlos zusammen und sieht uns mit verwirrten Mienen hinterher.

Thorsten nimmt die ebenfalls verdatterte Sabine in den Arm und drückt sie demonstrativ mit Küsschen rechts und links, so als wollte er sich verabschieden.

Ich kann das nicht. „Ich schicke dir 'ne Mail, okay?", ist das einzige, was ich rausbekomme. Der Pfiff des Schaffners ertönt. Ich springe schnell in den Zug und schließe die Tür hinter mir. ‚Bloß nicht rausgucken! Womöglich steht sie noch da.'.

Ich sehe Thorsten im Gang und gehe zu ihm hin. Er ist nicht nur mein Arbeitskollege sondern auch mein sehr verlässlicher Freund. Gott sei Dank.

„Du bist ein Idiot! Solche Publicity können wir überhaupt nicht brauchen. Was war mit dir los?"

Der Zug fährt ruckelnd an und ich falle fast zwischen die Sitze. Auch hier im Zug scheint es sich rumgesprochen zu haben, dass ich ausgeflippt bin. Die Mitreisenden drehen sich einer nach dem anderen von mir wieder weg und gehen zur Tagesordnung über.

Ich schäme mich. Am besten, ich tue so, als würde ich schlafen. Es liegen zwölf Stunden Zugfahrt vor uns.

Von Hans und der Nachbarin

Marco Toccato
29. März 2017 · 🌐

Nicht jeder wird diesen Spruch verstehen, es reicht aber, wenn es die richtigen Adressaten lesen:

"Wenn man zu einer Person sagt, dasser oder sie einen Sprung in der Schüssel hat, kann auch das "Ready-made" im Vorgarten gemeint sein!"
— hier: Nordrhein-Westfalen, Germany.

Bearbeiten

👍 Gefällt mir 💬 Kommentieren ↪ Teilen

Das Bild ist quasi historisch. Es ist das Coverbild meines zweiten „Nachbarin"-Romans „Amor Amaro – Schrebergarten des Todes" mit dem Untertitel „Neues von der Nachbarin". Loretta Leindeetz hat mir sehr geholfen und Material geliefert.

Auf dem Bild ist das zu sehen, was sie vermessen „Ready-made" nennt, als hätte sie auch nur ein Körnchen von Marcel Duchamps Genie.

Schlaf

Loretta Leindeetz geht früh schlafen. Man sagt, schlafen macht schön. Deshalb gibt es auch das Wort „Schönheitsschlaf". Loretta ist davon überzeugt! Wenn allerdings etwas gegen diese These spricht, ist es das Aussehen von Loretta Leindeetz.

Lorettas Kameraparanoia und ihre Alexa

Man muss vorwegschicken, dass Loretta und Volkhart sich schon mehrfach durch Kameras beobachtet fühlten, die Hans installiert hatte. Einmal hatten sie gegen Hans' Kameras geklagt und den Prozess verloren. Danach hatte Hans einen Minion auf einen Pfosten gestellt. Das löste aus, dass Facebook heiß lief, weil Loretta die Schwarmintelligenz ihrer Adepten in Anspruch nahm. Was war passiert? Hier Auszüge aus Facebook:

+ NACHBARIN VON MINIONS BEDROHT! +++ Kronenburg 02.06.2017 +++ NACHBARIN VON MINIONS BEDROHT! +++

Kronenburg (gpa) Wer das Buch „Amor Amaro und die tote Nachbarin" gelesen hat, weiß, dass eben diese vorgab, Kunst zu schaffen, indem sie eine Kloschüssel in den Vorgarten stellte (à la Ready-made Marcel Duchamp). Andere sind da ehrlicher, klauen keine Ideen, pflanzen Geranien rein, „finden dat einfach nur schön!" und kämen nie auf die Idee sowas Kunst zu nennen.

Hans Kleinert hat sich schon bitter bei mir beschwert, dass ich diese Nachbarin habe sterben lassen, zumal er sich in der Realität noch mit der abplagen muss.

Sie will ihn erneut verklagen, weil er eine Kamera (anfangs), nein, zwei Kameras und nochmals nein, jetzt sind es schon drei Kameras (letzter Stand) installiert haben soll, die ausschließlich auf sie gerichtet sind, um sie auszuspionieren.

Ach ganz was anderes, in irgendeinem Webshop gab es eine Kid Camera von VTECH oder so. Die hatte außer, dass sie Fotos aufnehmen konnte, noch fünf Spiele und einen „dummes Gesicht Finder", aber wie komme ich jetzt darauf?

Zurück zu Hans: Kurz gesagt, Hans kann machen was er will, er tut es ihrer Meinung nach nur, um sie zu quälen, zu ärgern, zu beobachten, abzuhören, ihr was vorzuenthalten oder was wegzunehmen. Ich bin kein Psychologe, aber wie nennt man das?

Egal! Szenenwechsel! Hans meinte künstlerisch mithalten zu können und hat nun seinerseits ein Ready-made installiert. Und das ist wirklich eine neue Sache, innovativ, mit hohem künstlerischem Anspruch und auch für DADA BAHNBRECHEND. In seinem Garten hat er auf dem Gehäuse einer Seitenmarkise eine Duschgelflasche mit Minionform und -gesicht aufgebaut. Gartenzwerge waren gestern, DIE NEUE ZEIT SCHREIT NACH MINIONS!

Die Nachbarin macht es mit Hans Kunst, wie sie es immer mit anderer Leute Kunst macht, sie bezeichnet sie als „Sch..." oder sieht sie als Bedrohung an.

Die Duschgelflasche steht ca. 24 Stunden, ist durch Blätter kaum zu sehen, hat aber schon große Wellen bei FB geschlagen. Die Nachbarin hielt sie für eine (die vierte?) Kamera oder ein Mikrofon, das Hans tückisch versteckt hat. Doch ihre Adepten stellten ihr ihre „Schwarmintelligenz" zur Verfügung und recherchierten .... recherchierten ... Ergebnis 1: eine Kamera von Universal für 400,- € ...recherchierten .... und kamen irgendwann schließlich auf Ergebnis 17: DUSCHGEL! Treffer! Wie die Nachbarin schon gepostet hat „Schwarmintelligenz" klärt in 24 Stunden auch die brennendsten Probleme.

Wieder schweife ich ab, es kommt mir ein anderer Gedanke: Wenn es so ist, wie man sagt, dass der Mensch i.d.R. nur 10% seines Gehirns nutzt, bietet dann ein „Schwarm" von - sagen wir mal zehn, das ist leichter zu rechnen - 100% Gehirn? Muss so sein (siehe oben) eine schnelle, intelligente Lösung dank Schwarm!

Kurz und gut, bei dem Stoffangebot, das sich da wieder auftut, komme ich nicht umhin:

Ich werde die „Nachbarin" wieder erstehen lassen und Hans seine bisherige Stoffsammlung abnehmen, um daraus den dann vierten Amor Amaro-Roman zu machen. Bleibt dran, wird so September/Oktober sein, bis er rauskommt.

(Ich habe Wort gehalten „Amor Amaro – Schrebergarten des Todes oder Neues von der Nachbarin" heißt das Buch.)

-:-

Abgehört oder beobachtet zu werden, ist eine paranoide Attitüde von Loretta und Volkhart. Aber schon früh schafften sie sich Alexa an, die sprachgewaltige, persönliche Assistentin von Amazon. Loretta muss nun weder das Radio anschalten, noch ihr Lieblingslied „Forever young" selbst abspielen. Sie muss es nur Alexa sagen und wenn die sie richtig versteht, geht das Radio an oder es ertönt der Hit von Alphaville.

Doch im April 2019 kommt raus, dass Amazon-Mitarbeiter Gespräche mithören und dokumentieren. Die Ruhr Nachrichten hatte dazu folgenden Artikel:

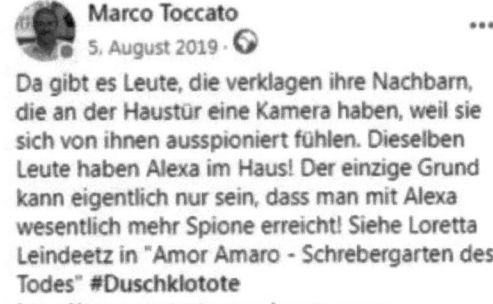

Marco Toccato
5. August 2019 ·

Da gibt es Leute, die verklagen ihre Nachbarn, die an der Haustür eine Kamera haben, weil sie sich von ihnen ausspioniert fühlen. Dieselben Leute haben Alexa im Haus! Der einzige Grund kann eigentlich nur sein, dass man mit Alexa wesentlich mehr Spione erreicht! Siehe Loretta Leindeetz in "Amor Amaro - Schrebergarten des Todes" #Duschklotote
http://marcotoccato.com/amor-amaro-schrebergarten-des...
Artikel aus den Ruhr Nachrichten Dortmund

Loretta ist in der Zwickmühle, wieder selbst Musik auflegen müssen oder die Gefahr ignorieren. Was soll sie tun?

-:-

Eines Tages erhält sie eine Mail mit dem Inhalt, dass jemand Protokolle von ihren Gesprächen im Haus hat und weitere Tonaufzeichnungen, z.B. von den Streitigkeiten mit Volkhart und einer Art „Schlagabtausch" im wahrsten Sinne des Wortes. Außerdem soll es Videoclips von den Ereignissen im Hause Leindeetz geben. Der oder die Jemand will Bitcoins.

In ihrer schnoddrigen Art postet Loretta Folgendes:

*Loretta Leindeetz 18. Februar - Gestern Abend bekam ich eine Erpresser-E-Mail (Screens). Man will 600 Euro in Bitcoins von mir haben, weil ich ständig auf Pornoseiten surfe und durch meine eigene Webcam beobachtet werde. (Hihi, die ist nach dem Kauf des Laptops sofort abgeklebt worden) Ausdrucken konnte ich die Email nicht - merkwürdigerweise - ich hab aber drei Screens gemacht. Am Ende ist so ein Handysymbol (ich weiß nicht, wie das heißt) und eine Buchstabenkombination angegeben

(Bild 3). Meine Fragen: Habt ihr auch sowas bekommen und: Wer kann den Code auf Bild 3 lesen?

Sie antwortet dem Erpresser entsprechend.

Doch der kontert per Mail: „In Alexa ist auch - undokumentiert für Amazon-Zwecke - eine Kamera verbaut ... weißt du Bescheid?"

Loretta wird nun doch nervös. Sie gibt es natürlich nicht zu und schnauzt weiter mit dem Erpresser per Mail. Doch innerlich weiß sie weder ein noch aus.

-:-

„Nagini töte!", sagt in einem der Harry Potter-Bücher Voldemort zu seinem Haustier, einem Schlangenmaledictus aus Indonesien.

„Alexa töte!", wäre eine moderne Variante.

-:-

Ein bisher unveröffentlichtes Zitat für irgendeinen „Amor Amaro"-Roman

Kerstin: „Was ist da so laut draußen, Hans?"

"Das ist der Einfried, der arbeitet an dem Brett, das er vorm Kopf hat. Sein Motto ist, immer dicke Bretter bohren, auch wenn's das vorm eigenen Kopf ist."

-:-

In der Ecke war was, das aussah wie der Stuhl neben dem Bett eines Junggesellen in dessen Einraumwohnung. Die Klamotten sollte man auch mal Richtung Waschmaschine oder Kleiderschrank abräumen, ging es mir durch den Kopf. Als er Meier wieder ansprach, kam plötzlich eine Stimme aus dem Lumpenberg. Es war eine Frau im sogenannten Lagenlook, die fälschlicherweise annahm, dass es schlanker wirkt, wenn man sich so kleidet.

-:-

Noch eine „versteckte Kamera"

Als Kind habe ich diese Sendung geliebt. Moderiert wurde sie damals von Chris Howland, der uns auch „Musik aus Studio B" präsentiert hat.

Da gab es, lange bevor das „Navi" erfunden war, die Frau, die mitten in Stuttgart einen Passanten nach dem Weg fragte und ihm dazu ein *Schnittmuster* zur Verfügung stellte. Es war ein sehr großer Bogen Papier mit verschiedenfarbigen gebogenen, geraden durchgezogenen und Strichpunktlinien, ähnlich verwirrend, wie es für manche Stadtpläne sind.

Wichtigtuerisch, so als dächte er ,*Da sieht man es wieder, Frauen und Stadtpläne!!!',* breitete er das Schnittmuster auf dem Dach des Autos aus. Dann zeigte er ihr den aktuellen Standort und wies ihr auf dem „Plan" den Weg zum Ziel, als wäre es ein Stadtplan.

Oder die Frau, die aus dem Haus mit einer großen Reisetasche kam. Ein Kavalier sprach sie an, ob er ihr die Tasche tragen könne. Hocherfreut bedankte sie sich und stellte die Tasche ab. Er wollte sie nun wieder aufnehmen, aber er konnte es nicht. Er zerrte mit rotem Kopf und dickem Hals an den Henkeln, aber die Tasche bewegte sich kein bisschen. Da sagte die Dame, „Ach lassen Sie mal!", nahm die Tasche auf und ging. *(Lösung: Der Boden der Tasche war eine Stahlplatte und an dem Platz, wo sie die Tasche abgestellt hatte, war ein starker Elektromagnet eingegraben.)*

Abgesehen vom Spaß, waren es geniale Ideen, die in der Sendung umgesetzt wurden.

-:-

Eines Tages war das „Navi", also das Navigationssystem für das Auto erfunden. Ab und zu las man in der Zeitung davon, dass sich Fahrer oder Fahrerinnen so sehr darauf verlassen hätten, dass sie sogar in einen Bach oder einen Abhang hinunter gefahren seien, weil das Navi es vorgeschlagen hatte.

Ich erinnere mich an meine Fahrschulzeit. Da gab es Fragebögen in denen man zu diesem Schild aus drei möglichen Antworten wählen konnte. Eine davon war „Autowaschanlage".

Zurück zum Navi für die „versteckten Kamera": Schon bald nach der Erfindung dieser praktischen Geräte kam ich auf die Idee, dass man in modernen Autos nicht nur Navis hat, sondern dass darin auch alles elektronisch überwacht werden kann. Man kann aus der Elektronik sicher auslesen, dass der Blinker nach rechts oder links betätigt wurde, ob das Lenkrad rechts oder links herum gedreht wird, der Rückwärtsgang eingelegt oder welcher Vorwärtsgang gerade benutzt wird. Außerdem hilft die moderne Schildererkennung, um Geschwindigkeitswarnungen usw. abzugeben. Andere Schildinhalte könnten sicher ebenfalls gedeutet werden.

Ich stelle mir vor, man setzt jemanden in ein präpariertes Auto mit der Anweisung, nach Navi zu fahren. Doch dieses Navi spinnt, es gibt falsche Hinweise. Schickt einen nach rechts, auch wenn dort eine Mauer ist und so weiter.

Die Probanden fahren also los und immer wenn sie eine falsche Anweisung bekommen, werden sie schimpfen, fluchen oder hektisch werden und versuchen den Fehler ausgleichen. Dann schlägt allerdings die Stimme des Navis zu „Nach rechts habe ich gesagt, du Idiot/in!"

Es würde mich interessieren, wie lange sich die Probanden das gefallen lassen und freue mich auf die mitgedrehten Filme.

Die Gutmenschin

Hans Kleinert hat die Schnauze voll. Er hat wieder sinnlos Zeit verbraten. Irgendwie hat er sich wieder in Facebook reinziehen lassen und war im Strom der geposteten Nebensächlichkeiten fast ertrunken. Erst als er sich auf der Seite von Loretta Leindeetz wiederfand, zündete sein Selbsterhaltungssystem. Das musste er sich nicht antun!

In Hückelheim, das ist der Kronenburger Vorort, wo Hans und Kerstin Kleinert wohnen, lebt Tür an Tür mit ihnen eine Gutmenschin. Rührselige Episoden von Lorettas Großherzigkeit sind bei Facebook zu lesen.

Zum Beispiel von dem alten Muttchen, das Leute im Getränkemarkt anschnorrt, um sich davon einige Fläschchen Boonekamp, Wodka oder Kleiner Feigling zu kaufen. Spendabel gab Lorettas Begleiter fünf Euro, steht jedenfalls aus Lorettas „Feder" so bei Facebook und da Loretta immer vorne ist, erhöhte sie die Einnahmen der Altersheimbewohnerin um zehn Euro aus ihrem Portemonaie. Sie hat immer das letzte Wort, spielt immer den größten Trumpf! Damit macht sie auch nicht bei Dr. Volker Einfried halt, ihrem Lebenspartner seit ein paar Jahren. Wenn man bedenkt, dass Einfried eigentlich kein eigenes Geld hat, hat Loretta sowieso die kompletten fünfzehn Euro gespendet.

An der Kasse stellt sich heraus, dass das Mütterchen Hausverbot hat, weil sie immer wieder dort bettelt und anschließend Schnaps kauft.

Soll sie doch, ist Lorettas Meinung und sie sagt es laut. Sie „schwenkt" sinnbildlich im Getränkemarkt die Fahne der Freiheit. Nämlich die der Freiheit sich im Alter Schnaps von erbetteltem Geld zu kaufen.

Sie schließt ihr Posting überraschend mit der weisen Erkenntnis, dass es schlimm ist, alt zu werden.

Aber Hans kennt diese Geschichten. Alle nach dem Motto, wenn schon nicht wahr, dann wenigstens gut erfunden. Irgendwo auf einer alten Website Lorettas konnte man lesen, sie sei als Kind schon sehr fantasievoll gewesen! Egal! Ihre Adepten jubeln ihr ob dieser rührenden Geschichte zu. So eine gute Seele sei sie, schreiben sie. Es gibt Likes ohne Ende!

-:-

Katzenbilder

Das war es aber nicht, was ihn aufgerüttelt hat. Vielmehr haben Hans die vielen Katzenbilder erschreckt. Sie zu sehen, verursacht ihm unangenehme Schauer. Muss wohl vegetativ sein! Jedenfalls löst das bei ihm Selbstschutzreaktionen aus, in diesem Falle die, Facebook zu verlassen. Auch für heimatlose und anderweitig leidende Tiere „engagiert" sich Sankta Loretta, na ja jedenfalls auf Facebook. Es geht ihr keine Vermisstenmeldung durch die Lappen, die sie nicht teilt oder selbst postet.

Sie selbst hatte auch mal vor Jahren eine streunende Katze aufgenommen, ein braunweiß getigertes Tier, das ihr täglich tote Mäuse zu Füßen legte, angeblich auch manchmal Ratten. Ihr Mann meinte Hans und Kerstin auf eine vermeintliche Rattenplage aufmerksam machen zu müssen, an die dreizehn wären es in der letzten Zeit gewesen, meinte er.

Hervorgerufen würde diese biblische Heimsuchung seiner Meinung nach von Weintrauben, die von Hans' altem Weinstock zu Boden gefallen seien. Die Kirschen von Lorettas Kirschbaum dagegen mögen Ratten nicht, meinte er. Er zeichnete ein malerisches Bild, in dem er beschrieb, dass sich die „schnabulierenden Ratten" an den süßen Früchten gütlich tun.

Man sieht förmlich vor dem geistigen Auge dunkelbraun befellte Tiere mit spitzen Schnauzen, wohlgefüllten Bäuchen, strahlenden Augen und langen, dunkel glänzenden Schwänzen, die auf dem Rücken liegend mit allen vier Pfoten Weintrauben in sich hineinschaufeln.

Er forderte, Hans müsse schleunigst etwas dagegen tun. Eine der Ratten, die Hansi, so heißt der braunweiße Stubentiger, rangeschafft haben soll, lebte wohl noch. Die hat Loretta in ein enges Gurkenglas getan, das sie anschließend mit dem Drehdeckel verschlossen hat. Welch ein possierliches Foto, das natürlich auch auf Facebook verbreitet wurde. Mit Ratten kann man sowas machen. Tier ist nicht gleich Tier, lernt man dabei.

Das alles geht Hans nun durch den Kopf. Er ärgert sich, mal wieder auf Facebook versackt und besonders darüber, an seine unsägliche Nachbarin erinnert worden zu sein. Er fährt den PC runter, zieht sich die Schuhe an und will aus dem Haus.

Er öffnet die Haustür. Sehr überrascht hält er inne. Direkt vor ihm in einer geschützten Ecke seines Vorgartenweges sonnt sich eine bildschöne Blindschleiche.

Vor Jahren hatte er Kerstin mal eine Halskette und das passende Armband aus Silber dazu geschenkt. Eine wunderbare Arbeit, ein echter Hautschmeichler. Die feinen Glieder sind eines am anderen durch schmale, geschwungene Fugen verbunden. Der Schmuck fällt ihm ein, als er das silbrig glänzende Reptil in der Sonne liegen sieht.

Er macht sich Sorgen, nimmt das Tierchen auf und legt es an einen versteckten Ort im Vorgarten. Es lässt sich ganz einfach aufheben, liegt von der Sonne aufgewärmt in Hans' Hand, als wäre es Kerstins Kette, die noch warm von ihrem Hals ist. Ein schönes Gefühl!

Blindschleichen und andere Reptilien sind Wechselblüter. Ihr Körper und ihr Blut nehmen die Umgebungstemperatur an, weshalb sie gerne auf warmen Steinen liegen. Sie lieben es, sich von der Sonne aufwärmen zu lassen. Es kommen oft Blindschleichen in die Gärten von Kronenburg-Hückelheim, wo Hans wohnt. Ganz in der Nähe ist das wahrscheinlich kleinste Naturschutzgebiet von Kronenburg, ein ehemaliger Steinbruch.

Hans ist nicht lange weg. Er hat nur kurz im Supermarkt eingekauft. Schade, er bekam keine Gelegenheit seine Großmut zu zeigen. Kein Wunder, für fünfzehn Euro konnte sich die alte Dame sicher für längere Zeit eindecken.

Er steigt aus dem Auto und sieht auf dem Weg zu seinem Haus, dass Hansi, der Kater von nebenan ein neues Spielzeug hat. Die rechte Vorderpfote hat er fest auf einer Art Band stehen und mit dem anderen Ende des Bandes im Maul zwischen seinen spitzen Zähnchen zieht er seinen Kopf hoch.

Bevor Hans kapiert hat, was es mit dem Band auf sich hat und dazwischen gehen kann, ist es auch schon gerissen. Hansi spuckt das kurze Ende im Mund zum Rest auf den Weg und geht wie immer langsam, katzenartig geschmeidig von dannen.

Als Hans zum „Tatort" kommt, findet er den leblosen Körper einer Blindschleiche und deren Kopf daneben. Beides glänzt immer noch silbrig, nur an den Rissstellen von Kopf und Rumpf sieht man rote und schwarze Fetzen. Hansi wird, so scheint es, gut ernährt von Loretta. Er tötet nicht, um zu fressen!

Corona, Trump, Klima und die große Welt

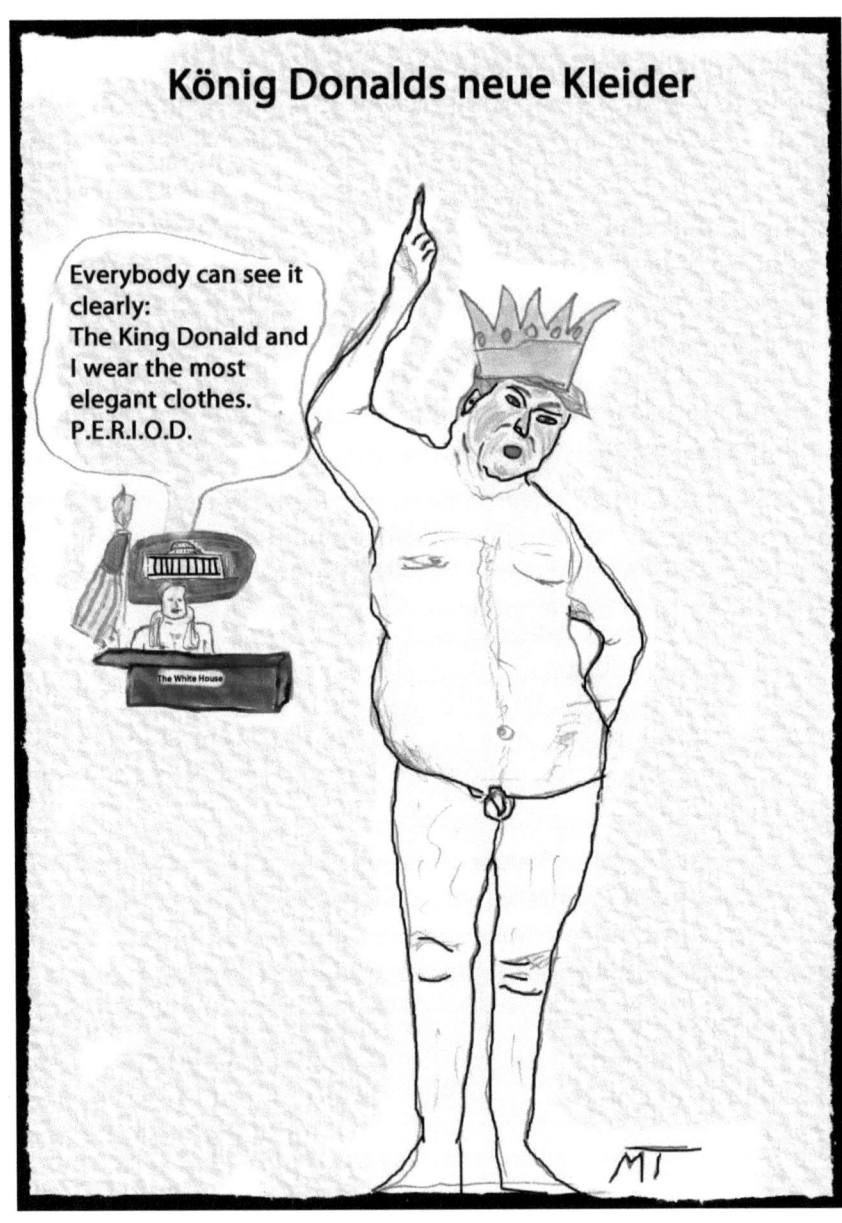

Ich weiß, dass ich nicht besonders gut zeichnen kann, aber nach Trumps Inaugurationsparty habe ich es versucht. Man ahnte damals Böses. Schon direkt nach der Amtseinführung ging los, was dann noch vier Jahre so weiter ging. Herr Trump sagte Dinge, die nachweislich nicht wahr waren. Der Begriff „fakenews" war in aller Munde. Er schämte sich nie.

Im Januar 2017 behauptete er nach den Feierlichkeiten, dass seine Inauguration die größte war, die jemals stattgefunden hat.

Der Sprecher des Weißen Hauses, damals Sean Spicer hielt die berühmte „Period"-Ansprache: *„This was the largest audience to ever witness an inauguration – P.E.R.I.O.D. — both in person and around the globe.".* Auf Deutsch in etwa: *Dieses war das größte Publikum, das jemals einer Amtseinführung beigewohnt hat – P.U.N.K.T. – und zwar sowohl persönlich als auch weltweit.* Neutrale Beobachter hatten etwas anderes gesehen.

Mir fiel die Geschichte von „des Kaisers neue Kleider" ein, drum zeichnete ich einen nackten Trump und sein ebenfalls nackter Sprecher sagt: *„Everybody can see it clearly: The King Donald and I wear the most elegant clothes - P.E.R.I.O.D.",* also *„Jeder kann es klar sehen, der König Donald und ich tragen die eleganteste Kleidung – P.U.N.K.T."*

Trumps Trick: Verblüffen in sozialen Netzwerken, egal ob richtig oder falsch, Hauptsache verblüffend. Das wird geklickt und geteilt.

Trumps Amtsbeginn und die Menschen in seiner Umgebung verhielten sich genauso, wie der König und dessen Hof in Andersens Märchen. Er behauptete schwachsinnige Lügen und seine „Höflinge" leckten Speichel. Wer ausscherte, wurde gefeuert. Einer der ersten war Sean Spicer.

-:-

Trump hat nach den ersten Meldungen aus den chinesischen Krankenhäusern weltweit Atemschutzmasken und Beatmungsgeräte aufgekauft, so wie der Durchschnittsverbraucher Klopapier gehortet hat. Über Scheinfirmen hat er die Waren an die Meistbietenden verkauft. Nicht immer waren die USA beim Bieten erfolgreich. Das Geschäft heiligt die Mittel!

(Ist das eine wahre Meldung oder sind es Fakenews?)

-:-

Apropos Zeichnen können: „Wenn man die Fähigkeit hat, ein Portrait von jemandem anzufertigen, dann lernt man dabei mehr über die Person als in den Tagen oder sogar Wochen einer beiläufigen Bekanntschaft." (Jack Finney – „Von Zeit zu Zeit")

-:-

Elon Musk ist auch ein charismatischer Führer. Von ihm soll folgendes Zitat sein: „Only the paranoid survive!"

Hoffnung für Loretta?

-:-

Dezember 2014, Hans öffnete die Tür zum Garten. Eine alte Diesellok, wahrscheinlich ein Erbstück von der Deutschen Reichsbahn zog mühsam etwa 40 Güterwagen über den Damm auf der anderen Seite des Feldes. Mal abgesehen davon, dass das unter den damals herrschenden Umständen ein sehr seltenes Ereignis war, die GDL streikte seit Wochen, machte der Zug einen ungewöhnlich starken Lärm. Die Maschine der Lok fauchte und schrillte und die Waggons klapperten im Takt, weil die Eisenräder unrund waren. „Was ist das für ein Krach, Hans?" Er erahnte mehr, als er verstanden hatte, was Kerstin ihn gefragt hatte. „Ach, der Weselsky lässt mal wieder einen fahren!"

Claus Weselsky ist und war der Chef der GDL - Gewerkschaft der Lokführer.

-:-

In Dubai am Flughafen werden Luxus-Fahrzeuge geparkt, die Millionen wert sind, aber nie wieder abgeholt werden. Ihre Besitzer mussten verschwinden.

-:-

Das „angeblich" Rationale ist das, was uns von anderen Lebewesen unterscheidet und auch das, was unsere Lebensumgebung zerstört.

-:-

Der Klimawandel gefährdet nicht die Erde, sondern nur unsere, also der Menschen Bequemlichkeit.

-:-

Was wäre,

1. wenn man versuchen würde, die derzeitige Wirtschaftsleistung langsam NUR auf ein Maß zu steigern, das dem Auskommen aller Menschen diente. Das würde die Einkommen der Großverdiener deckeln, denn nur für die Steigerung von Dividenden und Managerboni wird Dauerwachstum nötig.
2. wenn man 2001/2002 den Wechselkurs Dollar zu Euro auf 1:2 festgelegt hätte? Dann würde heute die Pizza genauso 7 € kosten, wie jetzt, aber es wären auch nur 7 DM von den Sparkonten der Menschen, die ihre Altersvorsorge auf DM-Basis angelegt haben. Sie hätten heute doppelt so viel Vermögen, wie jetzt.

EURO

Ich halte den EURO im Prinzip für einen Segen, zumal nachdem ich zum ersten Mal Urlaub in Kroatien gemacht habe.

Da kamen beim Bezahlen alte Österreichgefühle auf. 1 € ist ungefähr so viel wie 7 Kuna und ich musste immer die Preisangaben durch 7 teilen. Das hatte ich seit vielen Jahren nicht mehr tun müssen. Meine Meinung ist aber, dass wir uns diese Bequemlichkeit teuer erkauft haben.

Ich bin zwar weder Wirtschaftswissenschaftler noch Finanzexperte, aber, oder gerade deshalb meine ich, dass die EURO-Einführer einen grundsätzlichen Fehler gemacht haben:

Sie wollten scheinbar eine Währung schaffen, die (wenigstens einige Sekunden lang) genau den gleichen Wert wie der Dollar hat.

Ich halte diese Idee für totalen Quatsch. Man hätte sich damals an die Werte einiger der teilnehmenden Währungen halten sollen, Gulden, Franc, Lire (bereinigt um 3 Nullen), D-Mark. Das lief damals ungefähr auf 1:1 raus. Ich meine, dass 1.000 Lire, 1 Franc, 1 Gulden und 1 DM annähernd gleichwertig waren. Ganz genau gleichwertig können Währungen nur für Momente sein. Deshalb konnte es auch mit dem Dollar nicht klappen.

Hätte man das so gemacht, würde heute z. B. eine Pizza, genau wie jetzt 7 € kosten, aber gemessen an der DM wären es immer noch 7 DM und nicht 14 DM, wie es nun ist. Fast jedes Produkt und jede Leistung kostet heute das in EURO, was es früher in DM, Franc, Gulden oder Millelire gekostet hat.

Wenn ich nicht total falsch liege und nicht nur ganz einfach zu dumm bin, diesen Komplex zu verstehen, dann kann es auch nicht stimmen, dass wir nun mit 4% die höchste Inflationsrate seit etwa 30 Jahren haben, wie im Moment gesagt wird.

Mit Einführung des EURO ab 2002 haben sich viele Dinge preislich verdoppelt, also hat sich damals die Kaufkraft halbiert, jedenfalls bis Löhne, Renten und Gehälter nachgekommen sind. Man spricht heute über einen bitter nötigen Mindestlohn von 12,- €/h, also 24,- DM. Ist das alles nur deshalb so, weil alle Pizzerien und andere nur das DM durch € auf ihren Speisekarten und Preislisten ersetzen wollten?

Ich habe vermutet, dass wenn Österreich beim Schilling geblieben wäre, heute auch 1 € 7 Schillinge wert wäre. Und ich nehme an, dass vor 2002 ein Schilling ungefähr einen Kuna wert war... *

Warum wundern wir uns, dass z. B. eine Pflegekraft mit 2.000 € brutto Schwierigkeiten hat, die Familie allein zu ernähren, obwohl das ja eigentlich mal 4.000 DM gewesen wären?

Ich glaube, es gibt nichts, was so „gefühlsgesteuert" und relativ ist, wie die Wirtschaft.

* Zu Euro-Schillinge-Kuna: Stimmt nicht! Am 14.10.2001, also kurz vor der EURO-Einführung war das Verhältnis Schilling zu Kuna 1 ATS : 0,544 HRK. Also hätte ich damals für eine Mark zwar sieben Schillinge, aber nur drei Kuna bekommen. Was dann wieder bedeutet, wenn ich heute für zwei Mark bzw. einen Euro sieben Kuna bekomme, hat sich die Kroatische Währung seit zwanzig Jahren gut gehalten, fast nicht geändert. Ist das deshalb so, weil sie nicht den Euro eingeführt haben? Und bedeutet das, dass wir, wenn wir bei der DM geblieben wären, immer noch sieben Mark für die Pizza zahlen würden? Oder kann man das so nicht sagen? Ich bin verwirrt. Fragen über Fragen!

EU-Führerschein

Die Tageszeitung meldet, dass der alte „Papierführerschein" (grau oder rosa) durch einen neuen im Scheckkartenformat zu tauschen ist. Alle EU-Staaten haben die Pflicht, das bis 2033 durchgängig umzusetzen. Des Weiteren müssen die derjenigen des Jahrgangs 1953 bis 19. Januar 2022 erneuert worden sein.

,1953? Und was ist mit mir? Ich bin Jahrgang 1951. Hätte ich meinen Führerschein schon erneuern lassen müssen? Habe ich die Frist verpasst? Muss ich demnächst Strafe zahlen, wenn der Führerschein kontrolliert wird?'

Panik macht sich breit.

‚Morgen rufe ich zuallererst bei den Bürgerdiensten an, bevor die überlaufen sind.'

Frühmorgens, ich habe die Durchwahl gefunden. Damit werde ich mir Minuten Warteschleife ersparen. Vom Band höre ich, dass die Stadt Dortmund meine Daten gemäß Datenschutzgrundverordnung behandelt. Gut zu wissen. Das beruhigt mich. Ohne diese Ansage hätte ich womöglich Schwierigkeiten mich vertrauensvoll mit meinem Namen zu melden, wenn ich mit einem / einer Sachbearbeiter*in (gendert man nun mit * oder mit / ?) verbunden bin.

Es dauert tatsächlich nur wenige Minuten, bis ich keine Musik mehr, sondern eine sympathische, junge Frauenstimme höre.

„Guten Morgen, mein Name ist Mustermann*. Was kann ich für Sie tun?"

„Guten Morgen. Mein Name ist Amaro.", antworte ich nun ganz im Reinen mit der EU und ihrer DSGV.

„Ich habe gelesen, dass alte Führerscheine auf Papier in welche aus Plastik im Scheckkartenformat umzutauschen sind. Was muss ich dazu bereithalten und wann kann ich einen Termin bekommen?"

„Das kommt auf den Jahrgang an."

„Ich bin Jahrgang 1951."

„Moment, ich schaue nach."
Ich habe Angst: *‚Jetzt kommt sicher die Antwort, »Sie haben die Frist versäumt. Wir sind bereits beim Jahrgang 1953. «', geht es mir durch den Kopf. ‚Was mache ich dann?'*

Frau Mustermann hat nachgeschaut: „Sie brauchen keinen neuen Führerschein." *'mehr'*, ergänze ich in Gedanken. Für mich hat es sich so angehört, als hätte sie *mehr* gesagt.

„Ihrer ist noch bis 2033 gültig.", setzt die junge Dame fort.

‚Äh! Wie meint Sie das? Meint sie das so, 'dann sollten Sie ihn sowieso abgeben' oder 'dann sind Sie eh unterm Torf'?'

Ich muss lachen, verlegen lachen.

„Wie meinen Sie das?"

Nun ist sie verlegen. Sie hat die Mehrdeutigkeit auch bemerkt. Aber ihr fällt die rettende Idee ein. Es gibt noch eine weitere Deutungsmöglichkeit:

„Nun ja, Ihr Führerschein ist noch 12 Jahre gültig. Die neuen werden immer nur 15 Jahre gültig sein. Danach muss man einen neuen beantragen."

,Puh! Nochmal gut gegangen!'

„Aber ich denke, dass die vom Jahrgang 1953 bis Januar 2022 getauscht haben müssen. Wie kann das sein?"

„Das stimmt, bei denen laufen die alten Führerscheine aus, aber Ihrer nicht." Diese Logik erschließt sich mir zwar nicht, aber wer versteht schon die EU und ihre Gesetze?

„Also, ich muss bis 2033 nichts tun? Habe ich das richtig verstanden?" frage ich vorsichtshalber und verunsichert nach.

„Genau!" „Na dann, vielen Dank und auf Wiederhören."

* Name wurde geändert, aber muss ich den jetzt eigentlich gendern und „Musterfrau" schreiben?

Brexit ein Messer ohne Griff?

BREXIT - Ein krummes, zweischneidiges Schwert und ein Messer ohne Griff!

Boris weiß nun, wie sich Richard III. gefühlt haben muss.

Trump und der Hymenstreit

SPORT

TRUMP

Donald Trump im Kreise der New England Patriots und deren Besitzer Robert Kraft (r.): Der US-Präsident hat sich in der Vergangenheit im sogenannten Hymenstreit wiederholt mit der amerikanischen Football-Profiliga NFL angelegt. FOTO: IMAGO

Trump gegen die NFL

Das sind echte Fakenews! Um wessen Hymen geht es?

Da verliert die Maskenpflicht ihren Schrecken

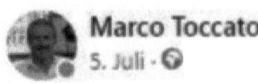

Marco Toccato
5. Juli · 🌐

···

Eeeendlich ist sie da, die medizinische Maske* für starke
Raucher*innen! Corona hat den Schrecken verloren. So wird die
Pandemie erträglich.

*Ich habe das Patent bereits beantragt.

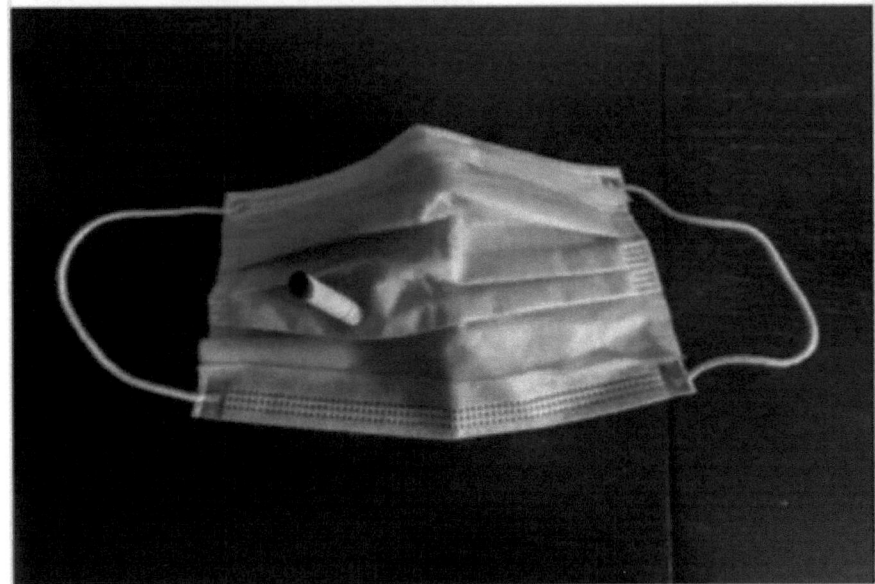

Genau meine Meinung

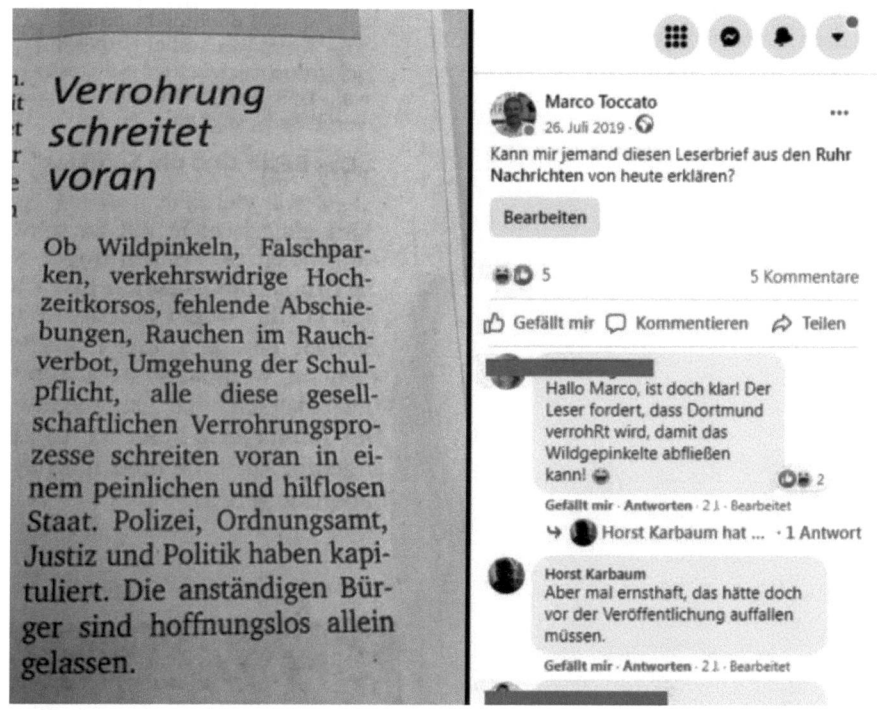

Verrohrung schreitet voran

Ob Wildpinkeln, Falschparken, verkehrswidrige Hochzeitkorsos, fehlende Abschiebungen, Rauchen im Rauchverbot, Umgehung der Schulpflicht, alle diese gesellschaftlichen Verrohrungsprozesse schreiten voran in einem peinlichen und hilflosen Staat. Polizei, Ordnungsamt, Justiz und Politik haben kapituliert. Die anständigen Bürger sind hoffnungslos allein gelassen.

Marco Toccato
26. Juli 2019 · 🌐

Kann mir jemand diesen Leserbrief aus den Ruhr Nachrichten von heute erklären?

Bearbeiten

👍❤ 5   5 Kommentare

👍 Gefällt mir   💬 Kommentieren   ↪ Teilen

Hallo Marco, ist doch klar! Der Leser fordert, dass Dortmund verrohRt wird, damit das Wildgepinkelte abfließen kann! 😄   ❤👍 2
Gefällt mir · Antworten · 2 J. · Bearbeitet
↪ 🙂 Horst Karbaum hat ... · 1 Antwort

Horst Karbaum
Aber mal ernsthaft, das hätte doch vor der Veröffentlichung auffallen müssen.
Gefällt mir · Antworten · 2 J. · Bearbeitet

Wenn es mit der Verroh_rung so weiter geht, sehe ich schwarz.

Coronapolitik

Markus Lanz am 28.10.2020: Wieder muss ich fragen, was in der Zeit seit Beginn der Corona-Krise unternommen wurde, um die gebetsmühlenartig vorhergesagte 2. Welle abzufedern (ersetzen Sie die Zahl 2. durch 3. bzw. 4). Man bekommt den Eindruck, dass alle sich gesagt haben, 'es wird schon gut gehen' und 'wir sind im Vergleich sehr gut' und 'bald kommt der Impfstoff'. Warum sollte man da z. B. untersuchen, wie hoch die Gefahr sich anzustecken in der Gastronomie oder in Theatern im Vergleich zu anderen Bereichen ist. Diese womöglich bald wieder „ausgelockten" Bereiche werden gefühlsmäßig als virulent empfunden. Herr Lauterbach sagt, man stütze dieses Gefühl anhand von Studien anderer Länder

... unabhängig davon, was der Gastronom, das Hotel, das Theater an Vorsorge durch hohe Investitionen geleistet haben? Die haben ihre Arbeit gemacht. Wer das nicht getan hat, sind die Politiker, die sich in Aktionismus flüchten und dauernd zwischen Panik und Laissez-faire wechseln. Da sitzen 16 Ministerpräsidenten am Tisch, das Beste, was Beamte, Pädagogen, Juristen usw. aufzubieten bzw. für politikertauglich abzugeben hatten. Deren Argumente stufe ich auf Ebene von Geschmacksfragen ein. Wahrscheinlich war der häufigste Satzanfang „Also ich habe den Eindruck, dass ...".

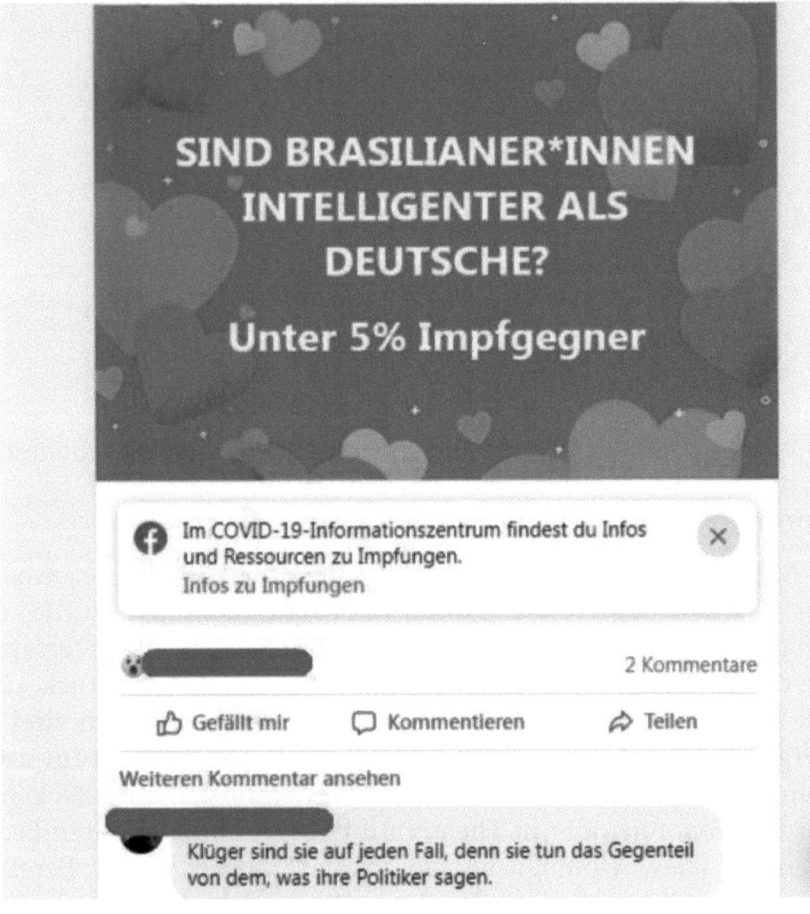

-:-

In der Politik nimmt man an, dass die Bevölkerung Angst vor islamistischen Terroranschlägen hat. Stimmt nicht, weil die Bevölkerung nicht die Informationen hat, die die Politik hat. Sie weiß nichts von drohenden, islamistischen Terroranschlägen.

Macht und Mächtige

Die menschliche Natur ist nicht in allen Ausprägungen für die Demokratie, wie sie heute gestaltet wird, geeignet.

Viele Menschen brauchen es, gesagt zu bekommen, was für sie gut ist. Das sagen ihnen Mächtige. Mächtige stützen ihre Aussagen und Vorgaben nicht auf Mehrheitsmeinungen oder –beschlüsse, sondern auf ihre eigene Meinung.

Mächtige sollte es in Demokratien nicht geben, sondern frei gewählte Mehrheitsvertreter. Um zum Mehrheitsvertreter gewählt zu werden, muss man sich „hochkämpfen", was Macht an sich oder als Mittel von Förderern voraussetzt. Es werden also Mächtige oder welche, die von Mächtigen gefördert werden, gewählt.

Manche von ihnen streben Macht dauerhaft an, andere wissen, dass sie Macht brauchen, um gewählt zu werden. Nur wer gewählt wurde, kann das, was er für gut für die Demokratie und die Menschen hält, durchsetzen. Man braucht also Macht, um sowohl objektiv als auch subjektiv Gutes tun zu können.

Selbst die, denen bewusst ist, dass sie Macht brauchen, um gewählt zu werden und gut für die Bevölkerung und die Demokratie wirken zu können, stellen fest, dass es auch für Gewählte nicht möglich ist, die selbstgesetzten Aufgaben ohne Macht zu erfüllen.

Der „ehrliche" Mensch, der sich auf den Weg macht, einmal Gutes für sein Land und dessen Bevölkerung zu tun, verrennt sich oder wird mächtig und muss es bleiben.

Selbst wenn er am Beginn des Weges noch glaubte, er bräuchte die Macht nur so lange, bis er die Position zum Gutestun erreicht hätte und könnte dann auf den Gebrauch von Macht verzichten, stellt in der Position fest, dass er ohne Macht scheitert!

Dutschkes „Marsch durch die Institutionen" war aussichtslos.

Vom Kartoffelschäler zum Bundestagsabgeordneten?

Marco Toccato
22. September 2018 · 🌐

Womöglich bald in der Küche des Bundestages!!!
FRAU NAHLES, WOLLEN SIE DAS WIRKLICH?

Küche der
Bundestagskantine:
Frau Nahles, wollen
Sie das wirklich?

Wer hätte das gedacht: Frau Nahlen ist raus und er wäre fast Abgeordneter geworden. Die CDU hat ihm die Chance ermöglicht. Hier hat mal wieder der Wähler gestört.

Abgeordnete

Ich habe es geschafft! Nun bin ich im Aufwind der im Aufwind Befindlichen.

-:-

Man sagt, Abgeordnete müssen so bezahlt werden, wie sie bezahlt werden, weil sie *nicht* „bestechlich" sein dürfen. „Bestechlich!" Ein Witz. Welcher Abgeordnete steckt nicht in der Tasche irgendeines Lobbyisten oder lässt sich *nicht* direkt oder indirekt von ihnen beeinflussen?

Bundestag als Geschäftsmodell.

Abgeordnete/r werden und ausgesorgt haben.

Als die Honoratioren noch ehrbar und das Bier noch dunkel war

Eine wunderbare Zusammenstellung von zwei unterschiedlichen Themen auf der Titelseite der „Dortmunder Tageszeitung" Ruhr Nachrichten. Ich überlege noch heute, ob das Absicht war.

Auf dem Foto oben sieht man Honoratior*innen von Stadtwerken, Banken und so weiter aus Dortmund. Alle haben sechsstellige Jahreseinkommen.

Wie auch immer kam ich zu dem Schluss, dass die Herrschaften oben sich jeweils einen Rentner leasen und damit das Problem im Artikel darunter teilweise erledigt könnten.

Buchideen

Buchidee – Der Auftragskiller

Brasilien, Ein Vater verliert erst seine Frau durch Covid-19 und kurz darauf seine Tochter, die sich wegen des Todes der Mutter das Leben nimmt. Er ist allein und verbittert. Sein Fernsehgerät hat er mit der Axt zerstört, als Bolsonaro in einem Interview sagte, dass er Impfungen so gut er kann verhindern wird.

-:-

Triage der anderen Art: Twitter löscht Bolsonaros Tweets.

-:-

Spieltheorie: Warum sie?

„Warum hat Gott zugelassen, das ausgerechnet Sie starb? Sie war gut und gläubig.", fragt er laut.

„Es ist, weil Gott mit seinem Werk spielt und keine Individuen sondern gleichartige Mitglieder von Gruppen sieht. Er weiß nichts von den individuellen Eigenschaften. Er weiß auch nicht, ob sich das eine Mitglied mehr mit ihm identifiziert als das andere. Darum erhält man beim Beten keine Antwort außer der, die einem das eigene Gefühl gibt, alles getan zu haben, um die eigene Situation zu verbessern", sagt ihm ein kluger Mann.

„Gott sieht die Menschen, wie ein Schachspieler seine Bauern sieht. Unabhängig davon, was einen individuellen Bauern auszeichnet, ist für den Schachspieler ausschließlich seine aktuelle Position in der Partie dafür ausschlaggebend, ob er ihn opfert oder nicht."

-:-

Notizen dazu: Gerechtigkeitsfanatiker, bekehrt von Greta, dreht durch. Rennt los und erschießt brasilianischen Regierungschef.

Entkommt unerkannt. Er macht das dann planmäßig. Bleibt allein, täuscht aber eine große Gruppe vor.

Backdoor

Ex-Ingenieur entdeckt „Hintertür" im neuen 5G-Netz eines Monopolanbieters.

Killerpsychiater

Ein Psychiater setzt Patienten als Mörder ein. Er bringt sie gegen ihre Opfer auf und wartet, bis sie aus eigenem Antrieb töten.

Buchidee – Demenz

Kann man selbst merken, wenn man dement wird oder merken das nur die Anderen?

Gesetzt den Fall, ich könnte es merken, dass ich dement werde! Was passiert? Wie geht's weiter? Was bekomme ich mit und was nicht? Kann ich noch eine „Datensicherung" meines Gehirns anlegen? Wie reagieren meine Angehörigen und Freunde? Hat das Leben noch einen Sinn? Was erlebe ich, wenn ich „weg" bin? Wie ist es, wenn ich „zurückkomme"? Komme ich überhaupt zurück?

Ist der Zustand womöglich angenehm?

Guter Satz

Er zeigte ein faltbares Lächeln so, als wäre es wie ein Tempotuch aus der Hosentasche gezogen, auseinander gefaltet und aufs Gesicht gesetzt worden.

V-Mann

Was ist, wenn ein V-Mann das macht, was die Ziele der Beobachteten fördert?

Buchidee für ein Kinderbuch

Die Idee stammt aus dem Spätherbst 2021. Ich sah die Wildgänse hoch am Himmel in den Süden fliegen.

In dem Buch ist die Protagonistin eine Wildgans. Der Titel wird „Erna, die Wildgans mit Höhenangst." sein.

Buchidee für einen Belmondo-Film

Er fuhr mit seinem Jeep in engen Kurven, wie ein Hase Haken schlägt. Die Artillerie schoss eine Granate, die da einschlug, wo er vor Sekunden war. So ging es weiter.

Der Schütze wollte ihn unbedingt erwischen. Er beschoss ihn, wie Einer, der nach einer Wespe schlägt, immer hektischer, immer wütender und immer ... knapp vorbei!

Buchidee „Amor Amaro und der Ostermarschierer"

Ich habe fast zwölf Jahre lang in einem Softwarehaus gearbeitet, in dem die Mitarbeiter und Mitarbeiterinnen die einzigen Anteilseigner waren. Alles ging erzdemokratisch zu. Man sprach vom PSI-Geist, der aber manchmal auch Volten schlug. Gesellschafterversammlungen hatten mehrere Hundert Teilnehmer. Einmal wurde deshalb ein großer Saal in der Congresshalle in Berlin angemietet. Das war am 20. Mai 1980. Tags drauf brach dort das Dach des Gebäudes ein. War es der PSI-Geist?

-:-

Es gab noch viele Ereignisse, die alle sowohl amüsant, als auch bedenkenswert gewesen sind. Diese zwölf Jahre werde ich in einem Buch festhalten.

-:-

Wir waren eine Clique, die sich abends traf, wenn wir in Berlin waren. Standardtreffpunkte waren *Zum Schipkapass*, um eine halbe Ente zu essen und Budweiser zu trinken und danach *Witwe Bolte*, um weiter zu trinken.

Die Mauer stand noch. In Berlin wohnten wenige Berliner, viele Wehrdienstverweigerer aus dem Westen, Studenten mit Westwurzeln und alte Leute, die viele Hunde hatten.

Ein wichtiger Tipp, den man als Neuling im Berlin der achtziger Jahre befolgen sollte, war, dass man in der Mitte des Trottoirs gehen sollte.

Was passierte, wenn man den Tipp nicht beachtete, stellte Heinz-Dieter fest. Er war ein lose assoziiertes Cliquenmitglied. Wir verließen zu dritt Witwe Bolte. Gert, Heinz-Dieter und ich. Heinz-Dieter trat vor der Kneipentür auf den Bürgersteig und in einen Hundehaufen. Er war zu weit an den Rand gegangen.

Wütend richtete er sich auf und stampfte mit dem anderen Fuß trotzig auf … auch mitten in einen anderen Haufen und schrie „Scheisse!". Gert und ich sagten synchron „Stimmt!"

-:-

Nicht nur wenn wir in Berlin waren, ereignete sich Erinnernswertes. Ich war Mitarbeiter in einer Filiale im Norden von Wuppertal genau wie Gert und Heinz-Dieter. Die Straße hieß *Zum Alten Zollhaus* und wir hatten für eine Übergangszeit eine alte Industrievilla eines ehemaligen Dampfkesselproduzenten als Büro angemietet.

Es herrschte Platznot, wir expandierten und hatten auch Mitarbeiter eines unserer größten Kunden im Haus. Jeder Raum und war er noch so klein, wurde genutzt. Wenn man in den großzügigen Flur der Villa trat, lag links ein ganz kleiner Raum, die ehemalige Pförtnerloge mit Glasfenster zum Flur hin. Darin arbeiteten Manfred, Manni genannt und Helmut.

Wenn Manni arbeitete, war er in einer anderen Welt. Er bekam nicht alles mit, was um ihn herum geschah.

Es war schöne Angewohnheit aller, sich zum Kaffee am Morgen und zur Mittagspause in einem dafür geeigneten Raum zu treffen.

Die wirklich wichtige Kommunikation fand bei diesen Zusammnentreffen statt.

Eines Tages saßen wir wieder zusammen und Manfred war ausnahmsweise mit allen Sinnen unter uns. Unsere Sekretärin Gunde kam dazu. Eine hübsche Frau, die fast immer gute Laune hatte. Sie lachte vor sich hin und begann: „Heute ist ein lustiges Paket angekommen. Das Paket ist bei Manfred abgegeben worden, wahrscheinlich weil der Bote ihn in seinem Kämmerchen für den Pförtner gehalten hatte. Manfred hat es mir ganz in Gedanken ins Büro gelegt.", dabei fiel es ihr schwer, nicht loszulachen.

„Das Beste war, dass es an *P.S.I. – Psychologisches Institut* mit der Straßenangabe *Zum Alten Tollhaus* adressiert war."

Alles lachte aus voller Kehle. Als es wieder ruhig war, blickte Manni auf und sagte zu Gunde: „Ach so, jetzt weiß ich, warum der mich so komisch angesehen hat."

Und Gunde antwortete, „Na klar oder meinst du, der hätte dich für einen Arzt gehalten?"

Buchidee „Irgendwer bohrt immer!"

Es ist eine Gesetzmäßigkeit. Irgendwer bohrt immer oder häckselt oder sägt, saugt Laub oder mäht den Rasen. Selbst wenn Einfried mal still ist, dann bohrt ein anderer.

Buchidee „Happy Hour"

"Happy Hour - Der Feierabendmörder" Einen kotzt die After-Work-Szene an. Erst geht er hin. Dann schleppt er Frauen ab. Dann tötet er.

Buchidee „Stalker"

Stalker: „Ich habe ein Bild von ihr, was sie mag, was sie interessiert, welche Musik sie hört .... Ich weiß das ganz genau. Ich tue alles, um ihr Interessantes und Schönes zu liefern.

Und wenn es sie nicht interessiert? Wenn ich Ihre Vorlieben falsch eingeschätzt habe? Wenn sie erst lacht und sich danach belästigt fühlt?

Aber diese Fragen stelle ich mir nicht! Das kann nämlich nicht sein!

Manche meiner Buchideen sind „abgedreht"!

Aber leider ist noch nie ein Film davon gedreht worden. Es wäre die Erfüllung eines meiner größten Wünsche, wenn es einmal dazu käme.

Zum Beispiel hieß mein zweites Buch „Amor Amaro beendet die diXXda©-Verschwörung". Sie sehen das Wort „diXXda" ist geschützt, aber was soll es bedeuten?

Unter anderem hier kann man von Amor Amaro und seinem Freund Hans Kleinert lesen. Hans ist ein kluger Kopf und er hat in Kronenburg das „Kronenburger Poser-, Protzer- und Prolo-Portal" – kurz K3P genannt, geschaffen. Das ist ein Internetprotal wie andere auch zum Beispiel Facebook, Instagram und viele, viele andere.

Sein Konkurrent, Heiner Lurrwich entreißt es ihm, benennt es in diXXda um und verhandelt mit Mark Zuckerberg über den Verkauf an den Facebook-Gründer. Das Gebot steht bei 1,5 Milliarden US$. Da wird Heiner tot in seinem Büro gefunden.

diXXda beruht auf einer Idee, die ich vor langer, langer Zeit hatte. Ich halte sie immer noch für erfolgsträchtig und wenn ich mir hier Geld beschaffen könnte, wie es in den USA möglich ist, hätte ich die Idee umgesetzt. Bis jetzt ist es leider nur eine kleine Website. http://diXXda.com.

diXXda© - das Protzer-Portal

Was ist ein Protzer-Portal?

Du kennst das alte Kartenspiel z. B. beim Klassentreffen: "Mein Auto! Mein Haus! Meine Yacht!" unterlegt mit Fotos. Das ist vorbei! Lade dein Equipment hoch, ob es das neue iPhone, dein BMW, deine neuen Nikes oder was auch immer ist. Andere tun das auch und außerdem kann man die Klamotten bewerten.

Darstellerinnen

Wenn ich schreibe, sehe ich die Geschichte wie einen Film und bei manchen Figuren stelle ich mir sogar reale Schauspieler und Schauspielerinnen vor.

Die Elena Anders aus „diXXda" sah für mich wie Esther Schweins aus. Die junge Hannelore Elsner war die Blaupause für Amors Marion Konnarke in der „toten Domina" und der junge Gert Fröbe oder alternativ Thomas Thieme ihr Ehemann, Heinz Konnarke.

Meine Lieblingsfigur ist die Sissi Kolesariç aus „Nur ein Traum im Traum?". Anfangs hatte ich sie mir so wie Julia Koschitz vorgestellt, doch deren dunklen Haare passten nicht so ganz. Deshalb und nachdem ich nichts von ihr gehört hatte, als ich ihr eines der Bücher geschickt hatte, kam Jennifer Lawrence indirekt auf mich zu. Sie hatte eine Poledance-Stange in einem Wiener Nachtclub ausprobiert. Im Buch ist Sissi Österreichische Meisterin im Poledance und macht eine Showeinlage im Wiener Nachtclub „Mirakel.

Sensationelle Entdeckung

Im Park

„Aua, das tut weh! Au! Au! Jetzt ist aber gut."

„Was ist Burbar?"

„Ach, mir werden dauernd Schmerzen zugefügt. Ich bin es leid, hier in der ersten Reihe zu sein."

„Ich kann mich erinnern, dass du lange Zeit sehr stolz auf deinen Platz warst. Dauernd bist du uns damit auf die Nerven gegangen, dass nur die Schönsten und Besten solch einen Platz bekommen. Jetzt bist du immer am Wehklagen."

„Sei du doch ruhig, Brembar. Du hast gut reden, zu dir kommen sie nie, soweit weg wie du stehst. Ja richtig, ich war stolz auf meinen Platz und bin es eigentlich immer noch, aber seitdem ich groß bin, piesacken sie mich nur."

„Das ist bestimmt unangenehm. Ehrlich gesagt, tust du mir leid. Wenn man nur wüsste, was das soll. Warum machen die das?", sagt Billbar der nahe bei Burbar steht und manchmal dasselbe erleiden muss.

-:-

In Tübingen sitzt die Jungprofessorin Geza Steinhausen im Labor des Max-Planck-Instituts für Entwicklungsbiologie. Vor sich auf dem Tisch hat sie einen seltsamen Aufbau. Zwischen zwei Klemmen, einer roten und einer blauen ist ein Ast einer Pappel eingespannt. Geza dreht an einem Potentiometer, aber nichts passiert.

„Ich bin auf dem falschen Weg, Leon. Es tut sich nichts."

Leon Eisengruber ist Laborleiter. Seine blonden Locken tauchen nun hinter dem Aufbau eines anderen Labortisches auf. Immer wenn Geza diese himmelblauen Augen, die dauernd zu lächeln scheinen, sieht, geht es ihr besser.

Er ist aufgestanden und schlendert zu ihrem Tisch rüber. Man sieht, dass er Sport treibt. Sein Gesicht ist braun und auch die Hände, auf denen die blonden Haare kontrastreich abstechen. Täglich kommt er mit seinem Longboard zum Institut. Wenn er Urlaub hat oder sonst irgendwie freie Tage nutzen kann, zieht es ihn ans Wasser. Dann steht er auf einem Paddle Board und paddelt auf einem der Seitenarme des Neckars. Im Urlaub sucht er die optimale Welle zum Beispiel in Portugal.

Einmal hat er Geza eingeladen mit ihm Urlaub zu machen, aber sie war damals mit Thomas liiert und hätte dem das nicht erklären können. Jetzt bedauert sie, dass sie abgesagt hatte. Aber jetzt fragt Leon sie nicht mehr.

„Du musst Geduld haben, Gezzy."

Nur er darf sie so nennen und auch nur, wenn sie unter sich sind. Er spricht dabei die Buchstabenfolge ‚ge' wie ein Italiener aus, nämlich ‚dschedzi'.

„Die Elektro-Neurographie ist für Menschen ausgelegt. Dabei genügen geringe Ströme, um Muskelkontraktionen auszulösen. Bei Pflanzen muss das nicht genauso funktionieren. Der Strom kann zu gering sein oder der Sensor den man zum Beispiel auf einen Menschenmuskel im Arm klebt, ist zu unempfindlich. Deshalb habe ich dir ja diesen Versuchsaufbau gebaut. Welchen Strom hast du angelegt?"

„Es sind schon 150 Milliampere."

„Dann sollten wir versuchen, einen empfindlicheren Sensor zu bekommen. Ich bin sicher, dass deine Idee richtig ist. Wenn du es nur lange genug versuchst und deine Parameter variierst, wirst du eines Tages Erfolg haben."

„Ich sitze nun schon drei Monate daran und es gibt nicht den kleinsten Hinweis darauf, dass ich auf dem richtigen Weg bin."

„Pass auf, wir schalten jetzt alles aus und du kommst mit mir an den Neckar. Wir legen uns ans Ufer, picknicken und ich zeige dir, wie Stand-up-Paddling geht. Dann bist du aus deiner Schleife raus und bekommst den Kopf frei."

„Würde ich ja gerne, aber ich muss meine Veröffentlichung fertig kriegen. Nur wenn ich meine theoretischen Ausführungen mit einem noch so kleinen realen Beweis untermauern kann, kann ich das veröffentlichen. Das Stipendium in den USA wird bald vergeben. Ohne die Veröffentlichung wird das nichts und ich muss noch ein Jahr warten."

„Aber du kannst es nicht erzwingen. Lass dein Unterbewusstsein für dich arbeiten. Blas' alle Gedanken an den Versuch aus dem Kopf und entspanne dich. Du wirst sehen, plötzlich hast du den richtigen Ansatz."

Geza schwankt. Wenn sie mitginge, würde er vielleicht auch mal abends mit ihr ausgehen oder noch mal fragen, ob sie mit nach Portugal kommt. Andererseits ist das Stipendium ihr großes Ziel. Beim MIT weiterforschen zu können, wäre der entscheidende Schritt für ihre Karriere. Biologen und Biologinnen haben keine guten Berufsaussichten, auch wenn sie wie sie promoviert haben. Es war schon außergewöhnlich, dass man ihr den Lehrauftrag an der Tübinger Uni gegeben hat. Auf dem kann sie sich aber nicht ausruhen. Forschen wird nur bezahlt, wenn man Erfolge vorweisen kann.

„Weißt du was, das machen wir."

Sie schaltet ihren Laboraufbau stromfrei. Den Schlüsselschalter verriegelt sie und zieht den Schlüssel ab. Eilig geht sie zu ihrem Spind, hängt den Kittel rein und nimmt ihren Rucksack raus.

„Bist du mit dem Board da? Das tun wir bei mir in den Kofferraum und dann fahren wir in den Supermarkt Käse, Rotwein und ein Baguette kaufen."

„Okay! Jetzt überrascht du mich. Nun gut, ich werde das Eisen schmieden … Aber für mich bitte ein Bier!", lacht Leon glücklich, denn er hat schon seit einer Stunde keine Lust mehr im Labor zu sitzen.

Es klappt

Leon hatte recht. Es wird ein wunderschöner Nachmittag. Und Geza hatte auch recht, denn als sie auf der Uferwiese am Neckar liegen und schon ein wenig drömelig vom Rotwein sind, fragt er sie, ob sie diesen Sommer schon Urlaubspläne hätte. Es würde ihr letzter Sommerurlaub in Europa sein, wenn sie Erfolg haben würde.

„Ich habe noch keine Urlaubspläne, aber sag mal, was ist das für eine Ranke hinten am Zaun? Die blüht so schön blau."

„Na hör mal, du als Biologin solltest aber wissen, dass das Glyzinien sind, auch Blauregen genannt."

„Ich war die ganze Zeit artig und bin dir gefolgt. Darf ich jetzt wieder mit der Arbeit kommen?"

„Ausnahmsweise, wenn es dir weiterhilft.", antwortet Leon.

„Von der Ranke nehme ich mir einige der Triebe mit. Ich habe so ein Gefühl, dass damit was geht. Sieh nur die laufen von harten Zweigen in ganz weiche Triebe aus. Damit habe ich die Möglichkeit die Beschaffenheit zu variieren. Wär doch gelacht, wenn es damit auch nichts zu messen gibt."

-:-

Es sind dreißig Jahre seit dem letzten Besuch im Park vergangen. Burbar döst vor sich hin. Er ist in den dreißig Jahren mächtig gewachsen.

Ein Paar in den besten Jahren – wie man sagt – tritt an ihn heran.

„Schau mal Irene, unser Herz ist jetzt viel größer geworden und höher ist es auch. Was meinst du, soll ich heute noch was in die Rinde ritzen?"

Wenn er gekonnt hätte, wäre Burbar zusammengezuckt und weggelaufen. „NEIN! Nicht schon wieder. Hört auf, mich zu quälen.", brüllt er, aber wie immer hören die Menschen nichts, wenn die Pflanzen vor Angst oder Schmerzen schreien.

„Ach Paul, aus dem Alter sind wir raus. Unsere Kinder sind erwachsen und wir haben andere Sorgen.", nimmt Irene Burbar die Angst und das Paar geht weiter.

-:-

„Sensational news from the realm of plants" ist der Aufmacher der New York Times. Es ist selten, dass auf der ersten Seite etwas anderes als die Politik die Schlagzeilen macht. Hier die Übersetzung des Aufmachers:

„Sensationelle Nachrichten aus dem Reich der Pflanzen"
DPA/Tübingen – Eine junge Wissenschaftlerin des Max Planck-Instituts in Tübingen / Germany machte eine sensationelle Entdeckung: Pflanzen spüren Schmerz. Der Biologin Geza Steinhausen ist der Nachweis gelungen, das Pflanzen Schmerzen und wahrscheinlich auch Berührungen spüren können. Frau Steinhausen wurde ans MIT nach Cambridge / Massachusetts berufen, um ihre Forschungen fortzusetzen. Lesen Sie weiter auf unserer Seite „Wissenschaft".

Außer dem Artikel unter „Science", der die Entdeckung und Gezas Arbeit beschreibt, hat sich einer der größten Philosophen unserer Zeit mit den Auswirkungen dieser Erkenntnis beschäftigt:

„... diese Entdeckung ist fürchterlich. Man bedenke, was wir unseren Mitlebewesen in der Welt seit Jahrtausenden angetan haben. Sie wurden gequält, beschnitten, gefällt und im großen Stil verbrannt. Wenn herausgefunden wird, dass Pflanzen womöglich kommunizieren können, so etwas Ähnliches wie sprechen oder gar schreien, dann müssten wir uns die Ohren zuhalten angesichts der Brandrodungen im Amazonasgebiet oder auch nur beim Rasenmähen ...
... weiters stellt sich eine große Frage, „Wie stehen Veganer:innen und Vegetrarier:innen zu ihrem Essverhalten?" Diese Menschen sind sensible Wesen, weshalb sie

sich von Pflanzen ernähren, die ja vermeintlich ihrer erst heutzutage widerlegten Meinung nach, keine Schmerzen spüren.

Wie wird es weiter gehen mit der Menschheit? Kommt es zu Selbstmorden, Sinnkrisen oder Depressionen? Werden sich Glaubenskriege entwickeln? Wird es womöglich Auseinandersetzungen zwischen den widerstreitenden Parteien geben, die zum Ende der Menschheit führen? Endet alles so, wie es die Natur gestaltet, wenn man sie wirken lässt? Wird die Erdoberfläche eine einzige Wildnis?"

Wien in der U-Bahn

Es sind nun schon 20 Minuten, die ich im Wagen der U3 im ersten Abteil sitze. Ich kann durch das Fenster in den nächsten Wagen schauen.

Sie ist schön. Ihr Haar ist lang und dunkelbraun, dunkelbraun wie ihre Augen. Es sind Augen mit Seele. Man sieht ihr Inneres, Güte, Verständnis, Humor.

Es stört sie nicht, dass ich ständig den Blick in ihre Augen suchen. Passiert ihr das öfter? Vorstellen kann ich es mir. Ich werde sehr ruhig und froh dabei. Sie sieht es mir wohl an, denn sie lächelt warm und mit Zuneigung.

"Volkstheater - Umsteigen: zu den Linien U2, D, J, 1, 2, 2a, 46, 48a und 49!" Meine Station. Ich will nicht aussteigen müssen! Ich warte und sehe ihre Augen, immer noch.

"Anton! Kommst du?" Dorothee, meine Frau ist schon zur Tür raus. Ich winke und haste ihr nach. Ein letztes, diesmal trauriges Lächeln. Sie winkt zurück! Tatsächlich! Sie winkt mir.

Was wäre, wenn ich statt zu Dorothee zu ihr in den Waggon steigen, zu ihr gehen und mich ihr gegenüber setzen würde?

Der Signalton piept. Die Türen schließen sich. Die Bahn fährt. Sie winkt und lächelt solange ich es erkennen kann.

Dorothee steht vor mir und schaut mich fragend an. Ich habe wieder eine Chance fahren lassen, mein Leben zu ändern.

Gesammelt für die Serie „Wiener Träume"

Apropos Wien

Das Buch „Nur ein Traum im Traum?" spielt in Wien. Ein braver Mann wird von einem anderen unter Druck gesetzt und kommt bei einem langen Wochenende in Wien mehrmals in die

Bredouille. Zum ersten Mal, als er in ein Nachtlokal geschleppt wird, in dem eine reizende junge Frau heiße Übungen an einer Poledance-Stange vorführt.

Das Buch war gerade einmal vier, fünf Wochen veröffentlicht, da gab es die folgende Meldung:

LEUTE Ruhr Nachrichten 20.05.2017

Jennifer Lawrence (26), Schauspielerin, steht zu einem Auftritt an der Striptease-Stange eines Nachtclubs. „Ich werde mich nicht entschuldigen, ich hatte in jener Nacht einen MORDSSPASS", schrieb Lawrence auf ihrem Facebook-Account. Sie spielte damit auf ein im Internet kursierendes Video an. Aufnahmen zeigen sie in einem Lokal in Wien bauchfrei, sichtlich betrunken und eher unvorteilhaft.

Jennifer Lawrence, US-amerikanische Schauspielerin, bekannt aus der Serie „Die Tribute von Panem" und auch bekannt dafür, dass sie das Leben genießt, hat einen Wien-Besuch genutzt, um abends in einer Bar auszuprobieren, ob sie Poledance beherrscht.

Ob sie es konnte, weiß ich nicht.

Diese Meldung hat mich absolut verblüfft. Ich war auf die abseitige Idee Poledance in einem Wiener Nachtclub gekommen und fünf Wochen später probiert die Idealbesetzung es in Wien aus. Mehr dazu ist ein Stück zurück unter „Darstellerinnen" (Seite 128) nachzulesen.

Mein Lieblingsstück aus „Ausgeträumt?" Band 2 der „Wiener Träume":

„Der Tod, das muss ein Wiener sein!"
Georg Kreisler

"Sigst, Bua, hots Mizzerl do recht, waans mir des sogt.", verfällt Karl ins Wienerische und schmunzelt ihn an. „Maanst i waas net, dos't mi für deppat hoitst, wann i von da Mizzi red? Kloa is' sie gsturbn, des haast oba net, dass' nimma mit mir redt!"

Aus „Ausgeträumt" Band 2 von „Wiener Träume": Der Protagonist Anton Kortner hat Karl Prokopeç gefragt, was seine vor drei Monaten verstorbene Tochter Mizzi aus dem Jenseits übermittelt hat. Eigentlich glaubt er, dass der Karl sich nur einbildet, dass Mizzi mit ihm spricht, aber was er diesmal berichtet hat, kann er nur von Mizzi erfahren haben.

Da fällt mir wieder das Zitat vom Kafka hier im Buch auf Seite 71 ein „...*wie der Tod eines, den wir lieber hatten als uns selbst* ..."

Erfahrungen

Jugendstress

Unser Kommers rückte näher. Wir bekamen die Mittlere Reife bestätigt. Mittel? Wird das reichen? Egal! Geschafft, obwohl man bis zuletzt gefürchtet hatte.

Kuno und ich waren Wackelkandidaten und auch wir hatten es geschafft. Nie waren wir uns nah vor diesem Zeitpunkt. Scheisse! Wir hatten es geschafft. Während Kuno mit Werner und weiteren Mitschülern eine geniale Bierzeitung machte, waren andere, mich eingeschlossen in der Tanzschule Conradi. Ich wollte Walzer und Foxtrott können.

Die Örtlichkeit dort war folgende, gegenüber dem Eingang war eine zirka zwanzig Meter lange Wand mit Spiegeln und an der Wand waren gepolsterte Bretter, als eine lange Bank befestigt.

Dort saßen die jungen Damen. Auf der anderen Seite, rechts und links vom Eingang standen Stühle. Zwischen der Stuhlreihe und den Damen gähnte ein Strecke von sechs, sieben Metern glänzenden Parketts. Die tollsten Mädels saßen immer in der Mitte. Warum das so war, weiß ich bis heute nicht. Ganz im Zentrum saß eine junge Frau, namens Almenfinder (Name geändert).

Die jungen Damen wurden „Fräulein" gefolgt von ihrem Nachnamen angesprochen. Die Vornamen erfuhr man erst im direkten Kontakt. Fräulein Almenfinder war mein Ziel, aber nicht nur meins!

Ich saß dieses Mal rechts außen und musste schräg zur Mitte auf der gegenüberliegenden Seite. Eine absolut aussichtslose Position. Doch ich war vorbereitet. Ich hatte einen Plan. Beim Stichwort des Tanzlehrers „Meine Damen und ..." würde ich loslaufen, vor allen anderen, bevor er „... Herren, der Tanz ist eröffnet!" fortsetzen würde und sie, meine Angebetete zum Tanz auffordern.

Ich war mir sicher, ich würde der Erste sein, der vor ihr wäre und „Darf ich bitten?" zu ihr sagen würde. Sie konnte nicht ablehnen, so war die Regel.

Der Countdown lief, der Tanzlehrer trat in die Mitte. Wusste er, wie gefährlich seine Position dort war? Mir fiel das Treiben der Stiere in den schmalen Gassen von Pamplona ein, von dem ich in Hemingways Buch „Fiesta" gelesen hatte. Und schließlich sagte er, „Meine Damen... „.

Das „und" wartete ich nicht ab. Ich spurtete los. Ich war weit vorne. Nur noch drei Meter. Ich bremse ab. Die Almenfinder ist im Fadenkreuz, den Rest des Weges wollte ich schlittern. Was war das? Ich sah etwas auf dem ansonsten makellosen Parkett. Ein Kaugummifleck! Er wurde vermeintlich riesengroß vor meinen Augen, immer größer, je näher ich schlitterte. Mein linker Fuß rutschte unabwendbar darauf zu. Er wurde blitzartig gestoppt. Ich fiel.

Mir gelang es, im Sitzen die Füße nach vorne zu kriegen und so rutschte ich auf dem Hintern auf die Almenfinder zu, die noch gerade so die Beine auseinander nehmen konnte, dass ich zwischen ihnen, mit den Füßen voran durchrutschte. Meine Füße waren an der Wand unter der Sitzbank, mein Gesicht war kurz vor ihrem Rocksaum und ich stammelte „Darf ich bitten?" fast synchron mit Einem, der hinter mir - aufrecht - stand.

Die Frau meiner Träume blickte stolz zu meinem stehenden Hintermann auf, gönnte mir keinen Blick, schritt über mich hinweg und ging mit dem zwar nur Zweiten, aber dem Sieger zur Tanzfläche. Danach habe ich viele Nächte lang immer wieder geträumt, ich wäre mit meinem Bett, in dem ich im Schlafanzug lag, auf dem Parkett mitten in der Tanzschule, umgeben von Tanzschülerinnen und Tanzschülern.

George Pastis und die Damen im Pelzjäckchen

George wohnte auf halber Strecke zwischen Clignancourt und Saint Denis. Ein sehr gemischtes Viertel.

Es war einmal spät im Jahr, als er folgenden Dialog hörte:

"Mama, die Frauen haben aber wenig an!" sagte ein kleiner deutscher Junge von etwa fünf Jahren zu seiner Mutter.

Der Vater war alarmiert. Es könnte peinlich werden.

"Ja Schatz, denen ist es warm." sagte die Mutter.

"Ich finde das aber komisch. Oben haben sie eine Pelzjacke und unten sieht man nur Strümpfe, die an Gummibändern hängen. Die frieren doch am Popo und an den Beinen oder?", wird der Junge immer lauter.

"Kann sein. Nun ist aber gut!" ist die Geduld der Mama scheinbar beendet.

"Thorsten, lass uns schnell weitergehen."

"Ja Carina, aber wir sind in Paris „da trink ich Sekt im Alcazar und tanze Cha Cha Cha" singt schon Udo Lindenberg. Hab dich doch nicht so!"

Thorsten fühlt sich bedroht in seinem libertinären Gefühl. Er ist in Paris und da geht es rund. Dieses spießbürgerliche Rumgemotze sollen die in Stuttgart oder die schwäbischen Neubürgerinnen von Kreuzberg machen. Er ist weltoffen.

Das ist Vielfalt, unten Irma la Douce, oben und drinnen Tourismus. Das ist doch der Grund, warum er nach Paris wollte. Die Tretmühle in Dortmund steht im bis zum Hals.

Kann sie, seine Frau Carina nicht ein wenig der prickelnden französischen Atmosphäre in sich aufnehmen? Spürt sie denn nichts von dem Flair? Er jedenfalls wird es heute Abend noch richtig krachen lassen. Er weiß auch schon wie.

Die Aushilfe

Ein junger Mann ist Aushilfe bei der Post als Zusteller. Seit Tagen kassiert er Rundfunk- und Fernsehgebühren in der Stuttgarter Straße.

Er klingelte bei allen. Alle sollten Rundfunkgebühren zahlen, 15,50 DM. Das hieß, viel Wechselgeld war nötig. Jeder und jede zahlte mit einem Zwanzigmarktschein und er hätte 4,50 DM rausgeben müssen. Das war nicht möglich.

Alle kamen runter und versammelten sich im Flur. Einige waren zerstritten mit einem anderen Nachbarn, aber er kam gar nicht auf die Idee und es wäre ihm auch egal gewesen.

Und so standen sie alle, zerstritten oder nicht im Flur und folgten seinen Bitten.

"Ich habe hier 20 DM, hat es jemand passend?"

"Ja, hier, 15,50 DM in Münzen."

Er konnte 4,50 DM rausgeben. Und so ging es weiter.

Ihm war nicht klar, dass er einige, seit Jahren aufs Blut Zerstrittene im Flur zusammengebracht hatte. Als er weg war, nahmen einige den Dialog zum Anderen wieder auf.

Aber das war für ihn nicht wichtig, nur, dass er beim nächsten Mal schon alle, sich angeregt unterhaltend, im Flur vorfand, als wieder Rundfunkgebühren zu kassieren waren.

Die Aushilfen

Der Aushilfszusteller war danach am Neuen Graben. Ganz nah an der Fachhochschule, auf der er studierte, war eines dieser schönen, alten Häuser mit hohen Zimmern. Im Erdgeschoss wohnte Frau Fuchs. Er schätzte, dass sie viel älter war als er, bestimmt schon Mitte dreißig – mit siebzehn schätzt man anders als mit siebzig.

Frau Fuchs war sein Traum, groß, schlank, mit langen blonden Haaren und wunderschönen mandelförmigen, braunen Augen. Mit siebzehn würde man gerne eine *ältere* Frau kennenlernen. Er war verliebt.

Es kam der Tag, an dem er zum letzten Mal am Neuen Graben Briefe zustellte. Tags drauf würde Gaby das Revier übernehmen eine junge Abiturientin. Es war üblich, dass man die Nachfolger einwies und so gingen er und Gaby gemeinsam zum Haus Nummer 13, wo Frau Fuchs wohnte. Sie bekam ein Einschreiben. Er musste also schellen und würde Auge in Auge vor ihr stehen. Lieber wäre er allein gewesen.

Er schellte. Es dauerte etwas, doch dann ging die Tür auf und Frau Fuchs stand vor ihm. Das blonde Haar hatte sie hochgesteckt und sie trug nichts, außer einem schmalen Badetuch, das sie sich mit dem linken Arm vorhielt.

Spieltheorie: Natur

Es sind nicht Amor und Cupido, die uns mit Pfeilen treffen und liebeshungrig machen. Es ist Mutter Natur, die große Schöpferin unserer schönen Welt, die uns lenkt.

Man muss wissen, dass die Natur spielt. Sie spielt das Spiel des Lebens. So würden wir es nennen. Wie es die Natur nennt, weiß ich nicht. Ich hoffe, sie meint es gut mit uns und ist nicht zynisch, hoffentlich!

Kennen Sie „Die Welt am Draht"? Da haben Kybernetiker eine künstliche Welt erschaffen, in der sie die erschaffenen Personen so lenken, wie sie es wollten. Das kann „die Natur" auch.

Eine Frau begegnet einem Mann. Die Natur drückt einen Knopf auf ihrer Fernbedienung und bei beiden wird ein Stoff abgesondert, der alle klaren Gedanken ausschaltet und nur den Wunsch übriglässt, die Gene zu mischen und ein neues Wesen zu schaffen. (*Das ist die Quintessenz. Man wünscht sich tatsächlich was anderes.*)

Das macht die Natur nur, weil sie gemeint hat, dass dieses neue Wesen ein einzigartiges Experiment sein würde. Sie ist auf der Suche nach DEM perfekten Wesen. Das macht sie, nach menschlichen Begriffen schon sehr lange. Für die Natur ist es bisher ein Wimpernschlag gewesen.

Alle bisherigen Ergebnisse hat die Natur verworfen, sonst würde sie aufhören.

Sie hat keine Eile.

-:-

Wenn das da oben falsch ist, wie schön wäre es dann, wenn das Folgende richtig wäre:

Der Sinn des Lebens ist das Wachstum der Seele!

-:-

Was immer man aus völliger Leidenschaft macht, was einen glücklich macht, hat keinen Bestand. Aber sind es diese glücklichen Momente nicht wert? Wenig Glück ist besser als keines.

-:-

»Hinterher heulen ist immer noch besser, als gar nichts erleben.« »Kalte Winternächte werden ja wohl nicht wärmer, nur weil man zu zweit geht.«

Aus dem Buch „Die wunderbare Kälte" von Elisabeth Rettelbach

Ich ergänze mal: Das nicht, aber es fühlt sich so an!

-:-

„Denn so ein Leben, steht da, ist mehr, als man glauben will, von dem bestimmt, was fehlt. Von den Lebenswegen, die nicht gegangen wurden. Immer aber wird man seine Vorstellungen von einem besseren Leben an einem besseren Ort mit einem noch besseren Menschen hegen. Das ist nichts Schlimmes, solange wir uns ein Zuhause bauen, das gut genug ist, und dieses ungelebte Leben nicht zu viel Macht über uns gewinnt. Außerdem ist man viel häufiger, als man glaubt, schon da, wo man sein muss ..."

Aus „Kein Sturm, nur Wetter" von Judith Kuckart

Und ich ergänze, ... aber meistens weiß man es nicht und bemerkt es erst, wenn es zu spät ist!

Fondue

Drei Ehepaare saßen am Tisch rund um Fondue und später Feuerzangenbowle. Das eine Paar bestand aus dem langjährigen Freund des Gastgebers und dessen Frau. Das andere Paar war eine Arbeitskollegin der Gastgeberin und deren Mann.

Wie auch immer es geschah, kam man auf die Themen Untreue und Seitensprung. Der Freund des Gastgebers hatte die Ansicht, dass ein Seitensprung völlig normal und damit verzeihlich ist. Seine Frau sagte nichts dazu.

Der Gastgeber wusste, dass sein Freund ab und zu „zur Seite sprang", zuletzt in einem Winterurlaub, den er zum Skifahren zusammen mit seinem älteren Bruder in Österreich verbracht hatte. Er sagte natürlich in dem Kreis nichts davon.

„Wenn man mal nachdenkt, muss ein Seitensprung nicht sein.", sagte er vorsichtig und „ich finde auch nicht, dass Untreue völlig normal ist und dass man nichts dagegen tun kann."

„Na ja, völlig normal nicht, aber kann vorkommen", meinte die Arbeitskollegin. „Ich kann mir vorstellen, dass man einen anderen Menschen trifft und zu dem so viel Zuneigung spürt, dass man sich einer Affäre nicht entziehen kann." Als Partner müsse man das verzeihen können, sagte sie.

Ihr Mann sah das völlig anders. Er hatte sich fürchterlich aufgeregt und seine Frau angepunkt. Für ihn wäre Untreue ein guter Grund für eine Trennung.

Der Freund des Gastgebers witterte zwar Probleme, denn er hatte seinem Freund von der letzten Frau beim „Aprés Ski" erzählt. ‚Hält der dicht oder haut der mich in die Pfanne?', dachte er.

Trotzdem argumentierte er weiter. „Du willst mir doch nicht erzählen, dass dir ein Seitensprung nicht passieren kann?", griff er ihn hämisch lächelnd an.

„Ganz ausschließen kann man nichts auf der Welt, aber ich sagte ja, *'wenn man nachdenkt'*. Es könnte sein, dass mir sowas passiert, wenn ich aus irgendeinem Grund nicht nachdenke oder nachdenken kann. Aber ansonsten schließe ich für mich einen Seitensprung aus."

Das hätte er nicht sagen sollen, denn nun widersprachen ihm alle gleichzeitig, sogar seine Frau. Es wurde laut. Alle sprachen und schrien durcheinander.

Als sich die Unruhe gelegt hatte, griff er Fetzen des Tohuwabohus auf: „Nein, das hat nichts mit Eingebildetsein, Arroganz oder gar moralischer Erhabenheit zu tun, sondern nur mit Nachdenken.

Meine Frau kenne ich jahrelang. Wir haben uns aufeinander eingestellt und wissen, welche Macken wir gegenseitig haben. Wenn ich wegen irgendeiner dieser Macken meiner Frau mich einer anderen Frau zuwenden würde, würde ich Lotto spielen.

Ich muss mit der Konsequenz rechnen, meine Frau zu verlieren und mit der neuen Frau weiterleben zu müssen. Dann brauche ich wieder Jahre, um deren Macken kennen und auszuhalten zu lernen. Vielleicht sind die viel schlimmer.

Mit denen von meiner Frau habe ich mich arrangiert, ob mir das bei einer Anderen gelingt, weiß ich nicht. Denn Macken haben wir alle!"

Dummes Zeug

Hashimoto's thyroiditis

... ist die Diagnose meines Hausarztes.

„Das ist eine Autoimmunerkrankung, mit der man aber durchaus Hundert werden kann." meint er.

Ich hoffe mal das Beste. Mit zwiespältigen Gefühlen gehe ich den langen Gang in der Praxis zum Wartezimmer, wo meine Frau auf mich wartet.

Mein Hausarzt Dr. Hecker ist BVB-Fan. Für die, denen BVB nichts sagt, das ist der einzige Fußballverein in Deutschland, der dem FC Bayern Paroli bieten kann und ist in meiner Heimatstadt Dortmund zu Hause.

Im Wartezimmer sitzt einer der beliebtesten BVB-Spieler, Shinji Kagawa und ihm gegenüber sitzt noch ein Japaner, der in Dortmund Großes leistet, Motonori Kobayashi, der stellvertretende Generalmusikdirektor der Stadt Dortmund.

Meine Frau sitzt an der Stirnseite und schaut mich erwartungsvoll an.

„Na?", fragt sie.

„Hashimoto's thyroiditis", rufe ich zur Antwort rüber.

Da springen beide Japaner auf, kreuzen die Arme vor der Brust, verbeugen sich und rufen nacheinander

„Motonori Kobayashi" beziehungsweise „Shinji Kagawa" . Na ja, ich hatte mich ja schon vorgestellt.

(Wenn ich Loriot wäre, würde ich ein kurzes Video mit der Szene drehen. Ich sehe sie glasklar vor meinem geistigen Auge.)

Apropos Loriot, er soll gesagt haben:

„In der Not suchen Intelligente nach einer Lösung und Idioten Schuldige!"

Er muss die deutsche Coronapolitik vorausgesehen haben.

-:-

Unsere Enkelinnen haben Kommunion. Ich unterhalte mich mit dem anderen Opa, dem Schwiegervater meines Sohnes. Er erzählt, dass er an der Hand operiert wird. Bald wäre es soweit und er ginge deswegen zum Urologen. Er hat sich versprochen. Noch bevor er sich korrigieren kann, sage ich zu ihm: „Stefan, du meinst den Orthopäden. Der Urologe ist für den elften Finger zuständig!"

-:-

"Du fährst in die falsche Richtung!"

"Kann schon sein, aber da fahren wir jetzt hin!"

-:-

Wichtige Frage: Wo sind nur diese blaugrün schimmernden Fliegen, wenn ich nicht Sardinen grille?

-:-

Wann ist Einer selbstsicher?

Wenn er Sudokus mit Kugelschreiber macht.

-:-

Wie nennt man in Wien „Coaching"?
    Fiakering!

Hoffnung?

„Mann, ist das schön hier!", sagt die Seele, nachdem ihr „Wirt" gestorben ist:

"Hätte ich das gewusst, wäre ich früher gekommen!"

F.R.I.T.Z.

Sven und ich waren in Berlin. Wir wollten auf der WASSER-Messe 1993 ausstellen. Svens Auto war bis zum Fahrzeughimmel vollgepackt.

Nach anstrengenden 600 Kilometern stehen wir vor dem Hotel. Auf dem Display mit Senderkennung von Svens Autoradio wird F.R.I.T.Z. angezeigt.

„Was soll das bedeuten ‚FRITZ'?", fragt Sven.

„Freies Radio in der türkischbesetzten Zone", ist meine Antwort.

Warum fressen Millionen Fliegen Kot?

„Als ich zu Peterson & Peterson kam, habe ich alles umgekrempelt. SAP eingeführt, den Vorstand ausgewechselt, McKinsey ins Haus geholt, was man eben so macht, wenn man einen großen Laden übernimmt. Footsteps setzen, wie man so sagt."

Aus „Die letzte Flucht" von Wolfgang Schorlau.

Ich war lange Berater und habe mich immer bemüht, zu verstehen, warum alle Unternehmen SAP einführen. Jetzt weiß ich es, „Footsteps setzen".

Da sieht man, was es für armselige Würstchen in deutschen Vorständen gibt. Immer nach der Prämisse, es wurde noch nie jemandem gekündigt, weil er SAP eingeführt hat.

Wenn uns jemand ernsthaft schaden wollte, sollte er einen Bug in SAP platzieren. Damit könnte er die gesamte westliche Wirtschaft lahmlegen.

Metaphern

„Dieser Ring so schön, dass bei dessen Anblick Frau Dr. Heidi Rezepa-Zabel ihre wunderschönen Augen herausgefallen wären."

(Sie ist Sachverständige für Schmuck bei Bares für Rares)

-:-

Sein Auge war blau wie ein Stempelkissen."

Der Pozzuoli-Effekt

Wenn bei Ischia die rote Sonne im Meer versinkt, sieht man, wie in Pozzuoli ein jedes Fenster rot blinkt!

(Zur Musik von „Capri Fischer" (1943, Rudi Schuricke - Ach übrigens, Sophia Loren ist in Pozzuoli geboren und aufgewachsen.)

Können

Mit Essstäbchen Fliegen fangen.

Reisen

Wenn einer eine Reise tut …, sagt man. Hier folgt Gesammeltes dazu:

Flugangst

„Wir stürzen ab"
Gezielte Information kann Flugangst mindern

Aus dem „Trierischen Volksfreund"

FKK-Flug nach Heringsdorf

In den Zeitungen wurde von FKK-Flügen nach Heringsdorf berichtet. Ehrlich gesagt, wäre das nichts für mich. Das Gurtschloss ist so kalt!

Ein Traumtag

Scheisse! 5 Uhr und er muss aufstehen. Er braucht nur eine knappe Stunde bis er in seinem Saab 900 Cabrio sitzt, den Schlüssel in die Konsole vor der Handbremse steckt und den Wagen startet. Eigentlich könnte er sich die Reise sparen.

-:-

Seine kleine Firma ist an einer losen Zusammenarbeit von Unternehmen beteiligt, die über Europa verteilt sind. Ein findiger Kopf in Italien, ein *Professore* an einer italienischen Universität hat diese Gemeinschaft initiiert. Und geschickt, wie es vor allem Italiener sind, hatte der zwei junge Frauen auf einer Messe in Dortmund von Stand zu Stand geschickt. Die eine von beiden war groß und vor allem dunkel. Eine tolle Frau, wenn man auf den Typ steht. Sie wirkte sehr süditalienisch, aus Sizilien wahrscheinlich.

Er hatte sich von Knall auf Fall in die andere verguckt, als er einmal den eigenen Stand verlassen hatte, um aufs Klo zu gehen. Die war höchstens 1,60 m groß, die allerdings zu zwei Dritteln aus Bein zu bestehen schienen und wie immer bei ihm waren es die Augen, die ihn verliebt machten. Ihr Haar war dunkelbraun mit einem leichten Rotton und vor allem kleingelockt wie es die der Engel sind, die Raphael gemalt hatte.

Als er zurück zum Stand kam, stotterte sein Partner Sven genau mit diesen zwei Grazien. Ausgerechnet! Die beiden hatten sein Unternehmen auf ihrer Liste. Gute Wahl, denn er und Sven waren eine Art Zweier-Thinktank. Er, Volker hatte unheimlich gute Ideen und Sven war ebenso unheimlich gut darin, solche Ideen innerhalb kürzester Zeit in Software umzusetzen. Eine Art Dreamteam.

Eigentlich waren sie auf der Messe, um Kunden zu finden und nun wurden sie durch zwei italienische Schönheiten in eine Kooperation gezogen, die imagemäßig eine geniale Konstruktion sein könnte. Soweit hatte er damals noch nicht gedacht.

Die Kleinere hatte es ihm angetan. Sie hieß Teresa und war die Projektleiterin, eingesetzt von ihrem Professore. Sie sollte Firmen mit Innovationskraft in ganz Europa ansprechen und sie zu einer Art „Super Innovation Group" zusammenführen, die europaweit akquirieren sollte mit der Ausstrahlung eines europäischen Groß-verbunds. Genial, nach dem Prinzip „mehr scheinen als sein" oder wie es die Italiener sagen, „fare sempre una bella figura".

Das war Volker alles egal, ihm gefiel Teresa und er genoss die Treffen des Verbunds. Einmal trafen die beteiligten Unternehmen sich in Rom. Es waren fantastische Tage. Die Stadt, das Lebensge-fühl, das sie vermittelte und wieder Teresa.

Damals in Rom bekam er zum ersten Mal eine Ahnung in wel-cher Gesellschaft er sich befand. Außer der Firma des Professore, die nur aus einer potemkinsche Fassade, dem Professore und den beiden Damen bestand, waren Unternehmen aus Großbritannien und Frankreich dabei, die immerhin planerisch und bei der Baube-treuung des Europatunnels beteiligt waren. Sicherheitstechnische Schwergewichte, wie sie in Europa einzigartig waren. Sogar BMW hatte jemand geschickt.

Volkers kleiner Laden passte genau genommen gar nicht dazu, auch wenn der millionenschwere Ideen produzierte, wie Hasen Kötel kacken. Langsam ging ihm die Idee des Professore auf.

-:-

Nur deshalb sitzt er jetzt im Auto und fährt nach Mönchenglad-bach zum naheliegenden Flughafen. Nur die, die Einsatz zeigen, wären in Zukunft Partner im Verbund. Nach London zu fliegen, war eine Goodwill-Aktion, die erstmal nur Geld kostete. Dement-sprechend sitzt er mit gemischten Gefühlen im Auto.

Die frühe Stunde und seine davon verursachte Lustlosigkeit lenken ihn ab. Er wechselt von einer Autobahn auf eine andere. Vor ihm fährt ein Mercedes, der gerade zum Auffahren beschleu-nigt, denkt er. Volker schaut zum Einfädeln schräg nach links hinten und meint, dass der Mercedes weg ist, als er ebenfalls Gas gibt. Kurz darauf schaut er wieder nach vorne und sieht, dass er keine Chance hat, den Mercedes nicht zu rammen. Verdammt nochmal, er hat keine Zeit, sein Flug geht bald. Es gelingt ihm, den Mercedes-Fahrer zu einer einvernehmlichen Lösung ohne Polizei zu überreden.

-:-

Das alles erlebt er wie im Traum. Und es wird immer traumhafter. Er sitzt in einer kleinen Maschine relativ weit vorne. Durch die offene Tür kann man den beiden Piloten über die Schulter und in den noch dämmerigen Himmel blicken. Der Flughafen London-City ist das Ziel. Der liegt im östlichen Teil von London in den Docklands an der Themse.

Als der Sinkflug beginnt, wird es heller draußen und er sieht, wie sie über die Themse auf den Moloch London City zufliegen. Das sind Bilder, die er nie wieder vergessen wird.

Relativ schnell ist er aus dem kleinen Flugzeug und durch den kleinen Flughafen raus auf der Straße. Er hat keine Ahnung, wohin er gehen soll. Sein Endziel ist Epsom, von dem er noch nicht einmal genau weiß, wo es liegt. Er kennt nur die grobe Richtung, nämlich vom östlichen Rand der Stadt zur südwestlichen Peripherie, eine Riesenstrecke, was er nicht ahnt. Googlemaps stand noch nicht zur Verfügung. Aber alle gehen in eine Richtung und er folgt ihnen. Es geht zu Fuß hoch auf einen Damm, wo alle warten, er auch.

Die Sonne geht nun auch von hier aus sichtbar auf. Dünne Wolkenfetzen hängen an einem Himmel der von unten orange ist und in ein strahlendes Blau übergeht. Die Sicht nimmt ihm den Atem. Die Docklands sind etwas tiefer unter ihm und liegen da, als wären sie Pionierland, vollkommen umgewühlt, weiträumig, kaum bebaut und provisorisch. Flächen von großen Pfützen spiegeln das frühe Licht. Er ärgert sich, keine Kamera bei sich zu haben. Das alles spielt sich in der Zeit ab, als man noch mit kiloschweren Spie-

gelreflexkameras Filme in kleinen Blechkassetten mit sechsund-
dreißig Aufnahmen belichtet hat.

Später weiß er, dass die schönsten Bilder die sind, die man nicht
fotografiert hat und die in einem drin gespeichert sind und von
Jahr zu Jahr schöner werden. Seitdem sind dreißig Jahre vergangen.

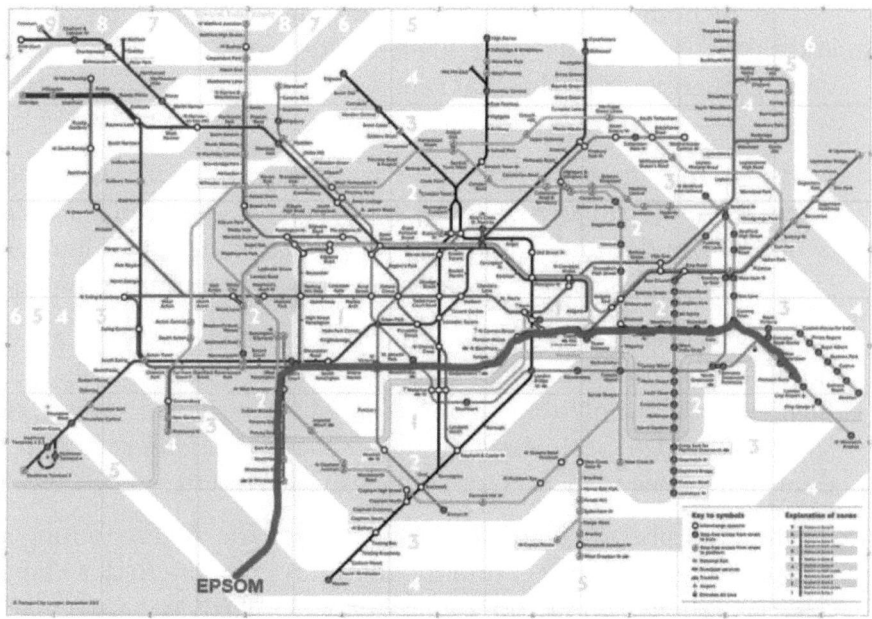

Eine blitzneue Einschienenbahn kommt, in die alle einsteigen.
Man kann aus den Fenstern noch ein wenig die Aussicht genießen.
Er bedauert, weiter zu müssen.

Als alle aussteigen, sind sie in der Nähe einer U-Bahnstation
und eines Bahnhofs angekommen. Auf dem Streckenplan fält ihm
Victoria Station ins Auge. Das kommt ihm bekannt vor und die
Richtung stimmt. Von da aus ginge es sicher auch Richtung Epsom, nimmt er an.

Er findet sich zurecht, als wäre er täglich mit den öffentlichen
Verkehrsmitteln der Riesenstadt London unterwegs. Schließlich

kommt er am Bahnhof von Epsom an. Nun bleibt ihm nur noch, ein Taxi zu nehmen. Er steigt in eines dieser buckligen, schwarzen Dinger und auch die Fahrt damit ist ein Genuss.

Vor einem Tor mit Pförtner hält der Fahrer an und er bezahlt von den paar Pfund, die er tags zuvor in Dortmund eingetauscht hat.

Die Sicherheitsbedingungen sind umfangreich. Jetzt weiß er endgültig, dass er als ganz kleines Hündchen versucht, mit den ganz großen zu pinkeln. Mal sehen, wie hoch er sein Bein kriegen wird.

Er ist nur eine Viertelstunde zu spät, was seine Gesprächspartner wundert. Der Gastgeber fragt, wie er gefahren sei und ob er genau wie der andere Gast, der aus Paris zum nahen Flughafen Heathrow angereist ist, sich einen Mietwagen genommen hätte.

Er berichtet den beiden Staunenden, was er bis jetzt, an dem noch jungen Morgen erlebt und gesehen hat. Er sieht Blicke, die Respekt und ungläubige Amüsiertheit ausdrücken. Nach einer Vorstellung des Gastgebers, in der er ihnen das Unternehmen, bei dem sie zu Gast sind, erklärt, geht es an die Arbeit.

Die Aufgabe der englischen Firma war die Baubetreuung des Bauprojektes Eurotunnel und die der Franzosen lag in der Planung der Sicherheitstechnik für den Tunnel. Er lernt das angewandte Verfahren, mit dem alle Teile des Gesamtsystems „Eurotunnel" in seine kleinsten Teile planerisch zerlegt wurde, kennen und bekommt eine Ahnung, dass die drei Gesprächspartner am Tisch sich ergänzen könnten. Für solche Planungen wird er ein Software-Werkzeug entwerfen, das Sven realisieren würde.

Der Tag verläuft erfolgreich. Zum Schluss bietet ihm der Franzosen an, ihn in seinem Mietwagen mitzunehmen und am Bahnhof abzusetzen. Auf dem Weg schauen sie sich die Pferderennbahn von Epsom an. Immer noch läuft unser Held durch einen Traum. Er bildet sich ein, auf der Anlage Damen mit langen Kleidern und großen Hüten und elegante, arrogante Herren in Cuts zu sehen.

Für ihn scheint es so zu sein, als würden sie dauernd ,*it is, isn't it'* näseln.

Wie er zurück nach Hause gekommen ist, weiß er nicht mehr. Es war ein Tag, der wie im Traum verging.

-:-

Andererseits

Später: Immer wenn ich ein Flugzeug über mir sehe, denke ich daran, dass ich nicht um fünf Uhr aufstehen, nach Düsseldorf hasten, mit Ach und Krach einen Parkplatz finden und dann in die enge Kiste steigen muss.

Oder wenn mich mal wieder ein übermotorisierter Audifahrer in der Abfahrt schneidet, fällt mir ein, dass ich sowas auch manchmal gemacht hatte, nur um einen Termin einzuhalten, Hals und Kopf riskiert habe, damit ich nicht eine Minute zu spät beim Kunden war.

Es war das Risiko nie wert!

Apropos London - Rolltreppen

Die ersten beiden Rolltreppen wurde im Jahr 1911 in London in der Station Earl's Court in Betrieb genommen, gebaut von der Otis Elevator Company.

Die Betreiber der U-Bahn stellten einen Mann ein, der nichts anderes zu tun hatte, als den ganzen Tag lang die Rolltreppen hinauf und wieder hinunter zu fahren, um zu demonstrieren, wie einfach und wie sicher das Ganze doch war, zumal der Mann, William „Bumper" Harris genannt, auch noch ein Holzbein hatte (sein „richtiges" Bein war von einer Kutsche zerquetscht worden).

Ob das wirklich eine gute Idee war, sei dahingestellt, denn einige Zyniker stellten die Frage, wo denn Bumper Harris sein Bein verloren hätte …

Es heißt, dass eine Frau mit ihrem kleinen Sohn in die Station kam und der Sohn wollte unbedingt mit der Rolltreppe fahren, aber die Mutter ließ ihn nicht. Ihr war das Ding unheimlich. Zum Schluss, als sie ihn wegzog, tauchte von unten ein einbeiniger Mann auf und sie sagte: „Siehst du, das hat er davon!"

Es ist nicht überliefert, ob der Mann William „Bumper" Harris war oder nicht.

Tote Hose

Tote Hose auf der Stadtautobahn

Aus der „Rheinpfalz"

Diese Schlagzeile ist mir ein Rätsel geblieben. Ich hoffe nicht, dass es einer von den Toten Hosen war. Wenn es aber eine richtige Hose gewesen sein sollte, was hat sie dann zu Lebzeiten gemacht und welche Umstände haben sie auf die Autobahn verschlagen.

Hoffnung für die Bahn

Rührei ohne Bratwu

Ab ins Bordbistro – so machen es Tag für Tag zahllose Reisende in Deutschland. Die Speisekarte im Z neue – und wird nun erneut leicht angepasst.

Eine veränderte Speisekarte, neues Geschirr in den Bordbistros und -restaurants, die Möglichkeit zum Selbst-Einchecken am Sitzplatz im Zug: An ihrem Service für Reisende hat die Deutsche Bahn zuletzt so einiges verändert. Nun stehen die nächsten Schritte bei der Umsetzung des neuen Bordgastronomie-Konzepts an. Zugleich wird bei der Essensauswahl in den Zügen ein wenig nachgebessert, wie Vertreter der Bahn sagten. Was soll sich im Detail alles ändern? Eine Übersicht.

› **Speisekarten:** Seit Dezember 2018 gilt eine neue Speisekarte in den 650 Restaurants und Bistros der ICE- und IC-Züge. Unter anderem gibt es jetzt das Chili con carne mit Schmand und die Currywurst mit Tortilla-Crunch. „Vertraut und doch anders" soll das Speisenangebot sein, sagte Alexander Thies, Leiter Bordservice bei der Bahn. Manche lange Zeit etablierten Gerichte wie Königsberger Klopse seien vom Speiseplan genommen worden. Die Kundenreaktionen seien überwiegend positiv, dennoch will die Bahn jetzt „nachschärfen" beim Angebot. Aufschnitt und Käse aus dem Frühstücksangebot zu streichen, sei „ein bisschen zu radikal" gewesen, sagte Thies – beides komme zurück. Nach Angaben der Bahn sollen sich auch Rührei und

[Bildausschnitt: Rostbratwürstchen bald wieder getrennt voneinander bestellen lassen.]

› **Bestellen am Sitzplatz:** Auf Fahrten nach Frankreich testet die Bahn bereits neue mobile Kassen für die Zugbegleiter. Im Laufe des Jahres 2019 sollen sie auch auf ausgewählten anderen Verbindungen zum Einsatz kommen. Über die Kassen ist es möglich, Speisen und Getränke vom Sitzplatz im Zug aus zu ordern – die Bestellung geht direkt an die Bordküche, ohne dass der Zugbegleiter jedes Mal laufen muss. In der ersten Klasse wird die Currywurst oder Cola dann am Platz serviert, Reisende der zweiten Klasse müssen sie sich selbst abholen. Etwa zur Jahresmitte 2020 sollen Reisende über eine spezielle App ihre Bestellungen erstmals sogar selbst aufgeben können, ohne dass noch der Schaffner vorbeikommen muss, kündigte Michael Peterson, Marketingvorstand DB Fernverkehr, an. Das Verfahren soll ebenfalls zunächst auf ausgewählten ICE-Strecken eingeführt werden.

› **Komfort-Check-in:** Die Möglichkeit, sich über die DB-Navigator-App am Sitzplatz selbst die Fahrkarte zu entwerten, ha-

ben Bahnreisende seit Mai 2018. Zunächst war dies nur für Kunden mit Sitzplatzreservierung möglich, schon nach wenigen Monaten hätten aber mehr als 50 Prozent von ihnen das neue Verfahren Seit November 20 Komfort-Check-in Reisenden offen, digitales Ticket, Sitzplatzreservierun

Und da sagen alle, Bahn sei in der Kris

Neues Geschirr und neue Speisekarte: Die Deutsche Bahn hat ihr Gastronomie-Konzept im Winter geändert – und passt es an einigen Stellen nun erneut an. FOTO DEUTSCHE BAHN

Da steht, „Nach Angaben der Bahn sollen sich auch Rühreier und Bratwürstchen bald wieder getrennt voneinander bestellen lassen."

Na wenn das keine meldenswerte Meldung ist, was dann?

Weiterlesen nur ab 18!

Manchmal fallen mir Dinge ein, die nichts für sehr junge Menschen sind. Deshalb bitte ich hier um Entschuldigung für das, was kommt und bitte alle unter 18 Jahren jetzt das Buch wegzulegen. Ich bin sicher, meine Bitte findet Gehör.

Mordort Münster: „Tod im Käfig" oder „Die vergessene Wiedertäuferin"

Wer kennt sie nicht, die Käfige am Turm der St. Lamberti Kirche in Münster. Aber so, wie eines Morgens hat man sie noch nie gesehen. Aus einem hängt ein nacktes, wunderschönes, wohlgeformtes Frauenbein heraus.

Kriminalhauptkommissar Biel sieht es als Erster. Der Pathologe Thörne kennt die Dame, er hat mit ihr zusammen studiert. Klara Kurzerius ist sehr aktiv in der Münsterschen Swingerszene und kürzlich hat sie sich wohl übernommen. Sie traf drei Männer, gleichzeitig! Zwei von denen sind zurück in ihre Heimat, die Türkei.

Die brave Nadja Weichselmond, Biels Assistentin ist nur noch mit Dauerröte im Gesicht zu sehen und ausgerechnet sie stellt dem Mörder eine Falle, in die sie nach einem Aufbruch ins Ungewisse selbst tappt.

-:-

Kommissar Biel war irritiert. In seinem Augenwinkel bewegte sich was, was sich da noch nie bewegt hatte.

Er wandte den Blick nach oben und sah, dass es einer der Wiedertäuferkäfige an der Lamberti Kirche war. Ein schönes Bein, lang, schlank und wohlgeformt hing heraus.

Jetzt, 25 Minuten später ist die Spusi da und hat sich alles aus dem Turmfenster heraus angesehen, bevor sie die Tote runterbrachten.

Prof. Thörne wirft einen Blick auf Sie. „Kurzerius", sagte er.

„Die Todesursache?", fragt Biel.

„Nein, Klara Kurzerius. Wir haben zusammen studiert. Sieht immer noch toll aus, sogar tot! Sie hing im Käfig, die beiden Arme waren wie bei einer Kreuzigung an Gitterstäbe gebunden."

„Todesursache ist wahrscheinlich der Seidenschal, den sie so eng um den Hals hatte. Ein Ende davon war in ihrem Mund? Ein

Herrenschal, denselben habe ich übrigens auch, reine Seide!",
Thörne eben.

„Und was ist mit ihrem Bein passiert? Wurde sie über Schotter
geschleift?", Biel hat keine Zeit für den Fall.

„Krähen oder so", Thörne bemerkt Biels Eile und fasst sich kurz.

„He?"

„Das waren Vögel!"

„Vögel? Glaube ich nicht."

„Nadja, hast du die Adresse von der Kurzerius? Wir fahren hin.
Und zu Keinem ein Wort wie und wo wir sie gefunden haben. Tä-
terwissen! Das werden wir noch brauchen! Die Presse weiß nichts
oder?"

Nadja wird hektisch und telefoniert. Am Ende des Gesprächs
schaut sie zufrieden aus. „Nein. Die Presse nicht und auch niemand anderes. Dafür ist gesorgt!"

-:-

Klara Kurzerius wohnte in einem noblen Haus nahe der Bis-
marckallee. Ein etwa fünfunddreißig Jahre alter Mann öffnet.

„Ja bitte?"

„Moin, moin, Biel, Kripo Münster. Sie kennen Klara Kurzerius?
In welchem Verhältnis stehen Sie zu ihr?"

„Klara ist meine Lebensgefährtin. Warum, was ist mit ihr?"

„Wie ist Ihr Name?"

„Felix Günthner, aber was ist mit Klara?"

„Herr Günthner, Frau Kurzerius wurde heute Morgen tot aufgefunden! Wann haben Sie sie zuletzt gesehen?"

Günthner zeigt wenig Wirkung nach der Erklärung, die Biel ihm
gab.

„Wir waren gestern Abend noch auf einer Party. Es ist spät geworden. Gegen ein Uhr dreißig ging ich heim. Klara dagegen war aufgekratzt, unterhielt sich mit drei Männern, die ich nicht kannte. Sie wollte bleiben. Ich bin dann ohne sie nach Hause gegangen."

„Was für eine Party, bei wem?"

„Gleich hier um die Ecke, bei Thomas und Jennifer Zander, Sperlichstraße 7. Thomas und Jennifer pflegen spezielle Partys zu feiern."

„Was meinen Sie mit speziell!", Nadja sieht Günthner mit großen, glänzenden Augen an. Biel findet, ihr Lächeln sieht verblödet, genau genommen saublöd aus. Wie ein waidwundes Reh. Hat Amor die Hände im Spiel?

„Wissen Sie Frau ..."

„... Nadja Weichselmond, Herr Günthner!", säuselt sie.

„Also Frau Weichselmond, für Sie wäre das nichts. So junge Damen wie Sie sollten bei sowas nicht mitmachen. Es geht sehr freizügig zu."

„Habe ich zu viel Fantasie, wenn ich annehme, dass Sie davon ausgehen, dass Frau Kurzerius sich abschließend mit einem der drei Männer ... zurückgezogen hat?", für Biels Verhältnisse war das absolut seriös formuliert.

„Zu wenig, Herr Biel."

„Wie zu wenig?"

„Sie haben zu wenig Fantasie, Herr Biel. Ich gehe davon aus, dass Sie sich mit allen drei Herren zurückgezogen hat."

Biel räuspert sich hörbar, während Nadja tiefrot wird.

Günthner schmunzelt: „Ich sagte doch, dass das für Sie nichts ist, Frau Weichselmond!"

„Zurück zum Fall!", Biel ist wieder bei Stimme. „Sie kennen keinen der drei Herren?"

„Genau, ich kannte keinen von denen. Einen habe ich da schon mal gesehen, aber seinen Namen weiß ich nicht. Fragen Sie Jennifer und Thomas."

„Wenn Ihnen noch was einfällt, rufen Sie uns bitte an! Auf Wiedersehen Herr Günthner.", Biel gibt ihm seine Karte. Er geht die Treppe zum Gehweg runter. Da bemerkt er, dass er allein unterwegs ist.

Er dreht sich um, „Nadja! Reißen Sie sich los! Wir müssen weiter!"

Verträumten Blicks kommt sie hinter ihm her und setzt sich mit einem tiefen Seufzer ins Auto.

Günthner kommt aus dem Haus, zieht eine Jacke über und betätigt die Fernbedienung seines Autos. Ein schwarzer Porsche blinkt.

-:-

Eine auffällige Blondine öffnet ihnen. „Guten Tag! Was kann ich für Sie tun?"

„Frafrau Zazander?", stottert Biel. Sie nickt.

‚Wie können so kleine Füße und die darüber liegende schmale Figur derartige Ausbuchtungen stabil abstützen?' denkt er.

Nadja schaut sie an, wie Stuten es tun, bevor sie beißen. „Kripo Münster, Frau Jennifer Zander, richtig?"

„Ja genau, meine Beste! Und wer sind Sie?", zischt Jennifer Zander mit eiskaltem Unterton. Sie hat die Forderung zum Duell angenommen.

„Mein Name ist Weichselmond und das ist mein Kollege Biel. Frau Kurzerius ist tot. Herr Günthner sagte uns, dass er sie zuletzt gestern auf Ihrer Party mit drei Herren gesehen hätte. Wir wüssten gern, wann Herr Günthner, Ihrer Meinung nach, gegangen ist und die Namen der drei Männer.", beim Namen Günthner verschwindet jede Schärfe aus ihrer Stimme, um direkt danach wiederzukehren.

„Felix war schlecht drauf. Ich glaube, der ist gegen halb zwei los, ganz genau weiß ich das nicht. Hat Ihnen Felix gesagt, welche Art Partys wir veranstalten?"

„Ähem, jaaa, das können wir überspringen! Wer bitte waren die drei Herren, gnädige Frau?", Biel hat aufgehört zu gaffen.

„Das war unser Freund Heribert Peters, der zwei Geschäftsfreunde mitgebracht hatte. Deren Namen kenne ich allerdings nicht! Da müssen Sie ihn fragen!"

„Wann ist Frau Kurzerius gegangen und wer hat sie begleitet?", Nadja hält ihren aggressiven Ton aufrecht.

„Tut mir leid, das weiß ich nicht. Ich war zu beschäftigt! Ich nehme an, dass sich alle vier in eines unserer Gästezimmer begeben haben, um sich ... näher kennenzulernen, wenn Sie wissen, was ich meine.", die letzten zwei Sätze spricht Jennifer Zander mit sehr lasziver Betonung.

„Läuft das bei Ihnen so?", staunt Biel.

„Ja sicher. Wir sind darauf eingerichtet. In unseren Gästezimmern gibt es alles, was für so einen Abend förderlich ist. Breite Betten, jedes Zimmer hat ein Badezimmer und einen Schrank mit Utensilien für jeden Geschmack.

Wie auch immer, morgens um zehn Uhr waren die vier weg."

„Bitte geben Sie uns die Adresse von Herrn Peters. Wer könnte uns sonst noch etwas sagen?"

„Mein Mann, aber der ist nicht da und die Adresse von Heribert ist „An den Mühlen 7", nicht weit weg. Wissen Sie, mit Stil kann man nur hier in der Gegend wohnen, finden Sie nicht auch, Herr Biel?"

Biel gibt ihr seine Karte „Nanatürlich, Frau Zander. Bitte halten Sie sich zu meiner Verfügung..."

„Sehr gerne, Herr Kommissar!", unterbricht ihn Jennifer Zander. Lasziver geht's nicht.

„Iiich meine, nanatürlich zu unserer Verfügung und Ihrem Mann richten Sie bitte aus, dass er sich morgen um zehn bei uns einfinden möchte, um seine Aussage zu machen.", Biel hat purpurrote Ohren. Er beeilt sich, wegzukommen.

-:-

Sie fahren zu Heribert Peters.

„Ja bitte?"

„Herr Peters? Mein Name ist Biel, Mordkommission. Wir hätten Fragen an Sie. "

„Kommen Sie rein! Die wirklich entzückende junge Dame ist Frau ...?"

Er ist Nadja unsympathisch, irgendwie schleimig.

„Weichselmond! Wir untersuchen den Tod von Frau Kurzerius.", antwortet sie förmlich.

„Wir kommen gerade von Frau Zander. Wie war das gestern auf der Party?"

„Oh, Klara ist tot? Wir hatten viel Spaß miteinander. Wie Sie sicher wissen, hatten wir uns mit ihr in eines der Zimmer zurückgezogen."

„Was meinen Sie mit wir? Wer waren die zwei anderen Herrn?"

„Das waren türkische Geschäftsfreunde. Als Frau Zander mich einlud, habe ich sie angekündigt. Die Herren waren begeistert und Jennifer freut sich über jeden Gast. Sie kassiert für Zimmer, Sekt und eine Pauschale von jedem männlichen Teilnehmer! Die Herren wohnen im Hotel Strauche in der Stadtmitte. Salih Göktaç und Mahmud Üzaman heißen sie.

Göktaç war hart drauf, aber für Klara konnte es nicht heftig genug zugehen. Sie erzählte denen von den Wiedertäufern in Münster und meinte, es in einem der Käfige zu tun, wäre ihr absoluter Kick.

Ich hielt das für Spaß, aber sie wurde böse, weil ich sie nicht ernst nahm.

Ich bin schon so gegen drei, halb vier weg. Was danach war, weiß ich nicht. Wo haben Sie sie gefunden?"

„Das tut jetzt nichts zur Sache.", Biel sieht im Geiste die Frau im Käfig und rätselt, wie man in der Enge zu zweit... „Wann reisen die Herrschaften ab?"

„Es kann sein, dass sie schon weg sind!"

„Mensch, damit kommen Sie jetzt? Welchen Flughafen wollten sie nehmen?"

„Münster-Osnabrück nach Istanbul."

„Los, Nadja, ab ins Auto und zum Hotel!"

-:-

Von unterwegs aus ruft Biel das Hotel an. Die Herren sind auf dem Weg zum Flughafen. Biel disponiert um und sie fahren zum Flughafen. Ein Anruf dort ergibt, dass die beiden eingecheckt haben und auf das Boarding warten.

Den Wagen lassen sie direkt vor dem Eingang stehen und rennen rein. Das Ausrufen der beiden bringt kein Ergebnis. Das Boarding hat bereits begonnen!

Pech! Hier können sie nichts mehr tun! Zurück zum Hotel, vielleicht sind da noch Spuren zu finden.

Im Hotel stellen sie fest, dass die Zimmer der beiden schon geputzt sind. Das Zimmermädchen ist noch auf ihrer täglichen Route.

Im 2. Stock steht der Wagen mit den Putzsachen. Carmen Sanchez saugt Staub. Sie hört Biel und Nadja nicht. Als er sie an der Schulter berührt, fährt sie erschrocken herum.

„Werr Sie sind?", rattert sie los, typisch spanisch.

Nadja beruhigt sie und fragt: „Haben Sie irgendwas im Zimmer der Herren Göktac und Üzaman gefunden? Gab es etwas, was Ihnen aufgefallen ist?"

„Derr Eine warr Schwein! Er wollte an Wäsche, wenn er sah mich. Zimmerr schon sauberr, nur Müll und Wäsche hierr in Waggen!"

Glück im Unglück, sie kann noch den Müllbeutel aussortieren, der aus dem Zimmer von Göktac ist.

Sie nehmen ihn ins Präsidium mit.

-:-

Frau Taler, Thörnes Assistentin hat den ersten Bericht für sie.

„Das Opfer hatte unmittelbar vor ihrem Tod Geschlechtsverkehr mit drei Männern. Wir fanden dreierlei DNA.

Es ging rasant zu oder besser brutal. Sie hat diverse blaue Flecken an den Oberschenkeln, auf dem Po und Wunden von einer Peitsche mit mehreren Lederfäden, die Knoten am Ende haben."

„Also keine Vögel?", fragt Biel.

„Vögel? Wer kommt auf so einen Quatsch?"

„Ihr Chef!"

„Nee, nee, das war so eine Neunschwänzige. Todeszeitpunkt war so gegen vier, fünf Uhr morgens. Todesursache war der Schal."

„Hat man sie also erdrosselt."

„Nein, sie ist erstickt. Sie hatte den Schal sehr tief in ihrem Schlund. Wie der so tief darein gekommen ist? Entweder wurde sie daran gehindert, ihn herauszuziehen oder sie war besinnungslos. Vielleicht gehörte das mit zum Spiel? Könnte also auch ein Verkehrsunfall gewesen sein.", Sie grinst.

„Hier ist Müll aus dem Hotel. Könnten Sie daraus DNA zum Vergleich bekommen?"

„Ich werde es versuchen!"

-:-

Im Müll ist ein Papiertaschentuch mit DNA, die mit einer der drei Spuren an Klara Kurzerius identisch ist.

Tags drauf

Zander ist pünktlich. Er ist groß und schlank, Mitte vierzig, dichtes schwarzes Haar mit grauen Strähnen an den Schläfen, die so perfekt aussehen, wie dahin gefärbt. Er hat eine gleichmäßige Dauerbräune. Im linken Ohrläppchen steckt ein Brillant.

In einem der Vernehmungsräume sitzt er lässig auf dem Stuhl schräg vor dem Tisch, auf den er ebenso lässig seinen rechten Arm gelegt hat, lässig an der Grenze zum Lümmeln!

Nadja stellt das Diktiergerät an: „Ihr Name ist Thomas Zander? Sie wohnen Sperlichstraße 7 in 48151 Münster?"

„Ja!"

„Ihr Geburtsdatum bitte!"

„12.8.78 hier in Münster! Aber was kann ich für Sie tun. Meine Frau sagte mir, Klara sei tot? Wie kann das sein?"

„Ganz langsam Herr Zander!", greift Biel ein. „Wir stellen die Fragen!

Wie verlief der gestrige Abend? Schildern Sie bitte jede Einzelheit, an die Sie sich erinnern!"

„Wir machen oft solche Partys. Üblicherweise kommen gemischte Paare, die miteinander liiert sind, verheiratet oder so.

Die meisten kennen wir. Neue Gäste kommen auf Empfehlung von Stammkunden. Wir haben nur zufriedene Kunden, das können Sie glauben. Bei uns gibt's nichts, was jemals zu Ärger führen könnte."

„Ja, Herr Zander, das glauben wir Ihnen, aber bitte zurück zum gestrigen Abend!", Biel trommelt ungeduldig mit zwei Fingern auf den Tisch.

„Also gestern war das anders, da kam Heribert, äh ich meine Herr Peters mit zwei Geschäftsfreunden. Türken waren das, die so gut wie kein Deutsch konnten, nur Englisch. Anfangs war ich ratlos.

Unser Konzept ist einfach. Es sind ebenso viele Frauen wie Männer da. Beim Aperitif beschnüffelt man sich und wo es passt, bildet sich ein Paar für den ersten Gang . Man schmust ein wenig, unterhält sich und wenn die Vorfreude den richtigen Grad erreicht hat, geht man in eines der Gästezimmer. Mit den zwei Türken konnte ich nichts anfangen. Mir fehlten Frauen für sie und Heribert. Doch Klara kam und sagte: „Kein Problem, Thomas, ich kümmere mich um alle drei. Mir ist heute nach was Besonderem.

Klara war liebestoll, wissen Sie. Sie machte alles für den richtigen … äh Kick. Meine Güte, was habe ich mit der schon schöne Zeiten verbracht, ohne Tabus. Manchmal war es sogar mir zu heftig. Junge, Junge, wenn ich daran denke …", Biel trommelt stärker.

„Ich weiß, Herr Kommissar, weiter im Text. Zu meinem Erstaunen saßen die lange Zeit nur rum und haben geredet und getrunken."

„Halt! Stopp! Wollen Sie damit sagen, zwischen denen ist nichts gelaufen?", Biel ist höchst konzentriert.

„Doch schon, aber ziemlich spät. Ich war sauer, weil die alle übriggebliebenen Aperitifs tranken – die gehen aufs Haus – im Zimmer haben sie nichts bestellt. Klara wusste genau, wie das zu laufen hat und Heribert auch. Ach, der haute übrigens etwas früher ab, so gegen zwei, Viertel nach zwei.

Irgendwann habe ich dann ein Taxi für Klara und ihre Türken bestellt. Sie hätten Klara sehen sollen, ihre Augen waren glasig, glänzten wie verrückt und hektische Flecken hatte sie im Gesicht und am Hals. Als das Taxi nach zehn Minuten noch nicht da war, hat sie Theater gemacht. Es ging ihr nicht schnell genug!"

„Und dann kam das Taxi doch noch? Wann war das und wann ist Herr Günthner gegangen?", beschleunigt Biel das Ganze.

„Das Taxi kam etwa Viertel nach drei. Felix war schon um halb zwei weg. Der war wohl … indisponiert ! Er hatte mit Klara gestritten, glaube ich. Jedenfalls kamen die zwei recht verkniffen an."

„Sie können gehen, Herr Zander! Vielen Dank und für den Fall, dass Ihnen noch was einfällt, meine Karte."

-:-

Zander ist gerade raus, als Nadja fragt: „Wie kommt man eigentlich da rauf? Oben auf den Turm meine ich. Kann da jeder hin?"

„Nadja, Sie nehmen mir den Gedanken aus dem Kopf. Rufen Sie mal beim Bistum an und fragen Sie, wer für die Kirchen hier in Münster zuständig ist, wer die Schlüssel hat und so weiter. Ich geh noch mal zur Pathologie."

„Sie nehmen mir den Gedanken aus dem Kopf. Das habe ich schon gerne. Meine Idee war das und jetzt muss ich die Kärrnerarbeit machen."

„Bistum Münster, Seifert. Was kann ich für Sie tun?"

„Guten Tag. Weichselmond, Mordkommission Münster. Wer verwaltet die Schlüssel für die Kirchen hier? Es geht mir, um den Zugang zum Turm der Lamberti Kirche."

„Alle Kirchen hier werden von uns verwaltet. Wir haben dafür eine Software, mit der vor allem unser Facility Manager arbeitet. Da müsste ersichtlich sein, wann welcher Schlüssel ausgegeben worden ist."

„Wer ist denn ihr äh Faziti ... ilty Manager und kann ich ihn sprechen?"

„Fa-ci-li-ty Manager, auf Deutsch der Hausmeister. Das ist Herr Peters ..."

„Wie, Heribert Peters? Der, der ‚An den Mühlen 7' wohnt?"

„Ja genau. Er ist krankgeschrieben. Wenn Sie ihn sprechen wollen, müssen Sie ihn anrufen oder zu Hause aufsuchen."

„Danke Frau Seifert. Sie haben mir sehr geholfen! Auf Wiederhören!", Nadja steht eilig auf, nimmt ihre Jacke vom Haken und geht.

-:-

„So, es waren also keine Vögel, Sie Schlaumeier? Woher stammt Ihr Wissen?", Thörne ist beleidigt, wie immer, wenn jemand ihm widerspricht.

„Frau Taler sagte, dass ...", Biel kam nicht zum Ende seines Satzes.

„Balin! Baaalin! Sofort zu mir!"

„Was gibt's?", Thörne erschrickt und dreht sich schnell um. Sie war knapp drei Meter entfernt, hinter dem Obduktionstisch. Elke Taler ist etwa ein Meter fünfunddreißig klein, daher ihr Spitzname Balin, nach dem Zwerg aus „Der Herr der Ringe".

„Sie sind der Meinung, dass die Wundmale an den Beinen der Kurzerius – ach, das wäre eigentlich ein passender Nachname für Sie, Balin, finden Sie nicht auch, Biel? Hehe! – nicht von Vögeln sind?"

„Ja, bin ich!", sagt sie „Diese kleinen Wunden sind von einer Neunschwänzigen , Herr Professor Thörne ! Ein Utensil zur Schaffung sexueller Genüsse. Soll ich Ihnen sexuelle Genüsse erklären, Herr Professor Thörne ? Die dürften Ihnen fremd sein."

„Jetzt werden Sie mal nicht impertinent, Sie Giftzwerg! Klären Sie stattdessen sofort, ob man nicht doch Spuren von Vögeln feststellen kann und wenn ich sofort sage, meine ich sofort, Balin !"

„Das habe ich schon und Rückstände von Leder gefunden, Leder wie von einer NEUNSCHWÄNZIGEN! HERR PROFESSOR THÖRNE."

Biel kratzt sich am Kopf, Elke Taler zeigt erstmals Wirkung wegen der Sticheleien. Er zieht sich lieber zurück und macht sich auf ins Büro.

Der Facility Manager

Nadja sitzt bei Peters auf der Couch. Er bringt ihr gerade einen exzellent aussehenden Cappuccino und redet auf sie ein: „... also so eine junge, attraktive und bildschöne Frau wie Sie! Nein, Sie sollten mich mal zu einer von Zanders Partys begleiten – 70, 58, 68, richtig? Ich liebe Frauen mit knabenhafter Figur!"

„Meinen Sie Lottozahlen? Das sind immer sechs und unter 50!", kontert sie ... noch! Ihr wird es blümerant. Dieser Heribert redet nur von Schweinkram, den er gerne mit ihr machen würde. Das mit dem Partybesuch ist noch das harmloseste davon. Ihr Kopf ist rot und sie setzt immer wieder an, bis sie schließlich schreit: „Hören Sie mal zu, Sie Ferkel! Ich bin nicht hier um Ihre schweinische Fantasie anzuregen, ich ARBEITE! Raus mit der Sprache! Wer hatte gestern Schlüssel zur Lamberti Kirche, aber dalli!"

„Sagen Sie das doch gleich. Ich!"

„Wie Ich ?"

„Ich hatte sie. Die sind im Sekretär da vorne.", er geht zu dem antiken Möbel und zieht eine Schublade auf. ‚Wie kann der sich eigentlich sowas alles leisten, das Haus in erster Lage, die teuren Möbel, die kostspieligen Partys bei Zander? Der ist doch nur Fazi … äh Hausmeister!'

„Das kann doch nicht sein! Gestern waren sie noch da! Ich hab sie doch hierher gelegt oder?"

‚Er findet die Schlüssel nicht oder tut er nur so?', denkt Nadja.

„Soll ich Ihnen das glauben, Herr Peters? Sie sind der … äh der Hausmeister …"

„Facility Manager", korrigiert er.

„Egal, wo sind die Schlüssel? Hatten Sie gestern Besuch?"

„Ja! Die beiden Türken waren ab Nachmittag hier. Wir haben über das Facility Management System gesprochen. Das haben die entwickelt. Ach ja, und später, kam der Günthner noch her."

„Sie meinen Herrn Günthner? Was wollte der bei Ihnen?"

Das Rot war eben verschwunden und sie hatte wieder ihre elegante Blässe. Doch beim Gedanken an Felix Günthner … hach, vielleicht sollte sie doch mal die Zanders aufsuchen, wenn er auch da ist. Sie wird wieder rot.

Peters schaut sie an und grinst obszön. „Kommen Sie doch mit zur Party, Frau Weichselmond? Heute Abend 22 Uhr startet wieder eine. Pietätlos, nicht wahr, aber Jennifer meinte: Klara würde es so wollen."

„Jetzt ist aber gut! Nein, natürlich nicht äh … Also die beiden Türken waren hier und Herr Günthner. Wer von denen konnte wissen, was das für Schlüssel sind?"

„Alle drei, ich habe ihnen gesagt, dass ich Klara eine Turmbesichtigung versprochen hatte. … aber was sollen die denn mit den Schlüsseln? Und überhaupt, was ist denn mit den Schlüsseln?"

„Ich frage hier! Wie viele Schlüsselsätze gibt es und wer hat sonst noch Zugriff darauf?"

„Ein Satz liegt im Büro des Bistums bei Frau Seifert, der Küster hat einen und einer geht bei den Geistlichen rum, je nachdem, wer die nächste Messe ausrichtet. Das müssten alle sein. Die Kirche ist ja immer auf. Nur die inneren Türen werden verschlossen gehalten."

‚Warum war die Tür zum Turm auf, als wir die Kurzerius runtergebracht haben?', fragt sich Nadja.

Schon im Gehen ruft sie „Auf Wiedersehen, Herr Peters!"

-:-

Biel staunt nicht schlecht, als sie ihm berichtet. Er denkt eher laut, als dass er redet.

„Ich habe keinen Plan! Wie kommen wir da weiter?"

„Wir holen die Türken zurück und verhören sie, Peters und Günthner aufs Schärfste oder …?"

„Nee, nee, die zurückzuholen, gibt Theater bis in die höchste Diplomatie hinauf. Die zwei müssen wir vergessen. Aber Peters und Günthner, das machen wir. Lassen Sie die zwei morgen antanzen! Feierabend! Moin, moin!"

Spärlich bekleidet in der Sperlichstraße

Die Sperlichstraße liegt ruhig und in sattem, reichem Schlaf. Hier und da blinkt es blau aus einem Fenster und die Laternen haben keine Kunden, außer ab und zu mal einen Spaziergänger mit Hund, der ihr Licht genießt und der Hund ihre Basis.

Ein luxuriöses Auto hält vor Nummer 7. Der Fahrer öffnet achtlos die Tür und erwischt fast eine späte Passantin damit.

„Passen Sie doch auf, Sie Idio … Oh, Herr Peters, Entschuldigung, aber Sie hätten mir fast die Tür vor die Hüfte geschlagen."

„Frau Weichselmond! Das ist ja 'ne Überraschung! Haben Sie es sich anders überlegt? Ich weiß allerdings nicht, ob der Günthner so pietätlos ist und heute schon wieder mitmacht."

Wieder ist da dieses fiese Grinsen.

„Quatsch! Ich observiere hier und wollte gerade zur Rückseite gehen."

„Kommen Sie mit rein, da sitzen Sie in der ersten Reihe."

Er lacht sich scheckig, auch nicht einnehmender.

„Wie stellen Sie sich das vor? Ich gehe zu Frau Zander, *die mich längst ins Herz geschlossen hat* und erkläre ihr, dass ich mich in ihr Wohnzimmer setze, weil ich sie und ihren Mann beobachten möchte?"

„Nein, wir erklären ihr, dass Sie heute Abend meine Partnerin sind."

„Mhm, könnte klappen, aber wenn Sie mir zu nahe kommen, ist was los, das sage ich Ihnen! Okay, so machen wir's!"

„Na dann los!"

Er bietet ihr ironisch seinen Arm an und führt sie zum Haus.

Erwartungsgemäß ist Jennifer Zander *hocherfreut*, als sie in der Tür stehen, aber Peters feixt, kneift ein Auge zu und gibt ihr so zu verstehen, dass Nadja heute Abend seine Wahl ist.

Drinnen flüstert er ihr zu „Wir müssen Du sagen und nach dem Aperitif aufs Zimmer gehen, ist klar, ne?"

Nadja will gerade eine deftige Erwiderung beginnen, aber besinnt sich: ,Stimmt! Mist, wo hab ich mich da reingeritten?'

Nach dem vierten Aperitif schaut Peters sie nur noch genervt an. Die Zander fragt immer öfter, welches Zimmer sie nehmen und ob sie zusätzliche Accessoires brauchen.

Diese letzte Frage lässt Nadja fast zittern, aber nun ist ihr wohlig zumute. ‚Diese Aperitifs sind lecker und machen gar nicht mal so betrunken‘.

Peters steht auf, geht an das Schlüsselbrett und nimmt sich den von Nummer 7. Er reißt Nadja vom Sessel hoch. Als er kurz mal loslässt, fällt sie fast.

„Es geht nicht anders, wir müssen wenigstens eine halbe Stunde aufs Zimmer!“, zischt er sie an. Bevor sie von ihm dort hineingestoßen wird, sieht sie Günthner, der gerade zur Haustür reinkommt.

-:-

Sie liegt nackt auf dem breiten Bett und Felix steht vor ihr. Er steckt sein weißes Hemd in den Hosenbund. Schlagartig wach, richtet sie sich abrupt auf und wird verrückt vom Schmerz in ihrem Kopf.

„Was war? Haben Sie …?“, ruft sie ängstlich.

„Peters und ich haben getauscht.“

„Wie, Peters auch?“

„Klar Schätzchen, das macht man hier so, aber er ging nicht ganz freiwillig.“

„Und meinen Sie er hat … na Sie wissen schon!“

„Was spielt das für eine Rolle. Jetzt erfülle ich dir deinen Wunsch!“

„Welchen Wunsch?“

„Als du weggetreten warst, hast du von nichts anderem gesprochen. Hast du davon nichts mitbekommen? Da hast du wohl KO-Tropfen vom sauberen Herrn Peters bekommen!

Aber egal! Zieh dich an! Wir gehen.“

Bevor sie das Zimmer verlassen, zieht er ihr einen Beutel aus schwarzer Seide über den Kopf, den er unten zubindet. Ihre Hände fesselt er ihr auf dem Rücken.

Sie beschwert sich pro forma. Eigentlich ist sie sehr erregt und lässt ihn deshalb gewähren.

Er wirft ihr etwas über. Es ist wohl ihr Mantel. Dann trägt er sie zu einem Auto und setzt sie auf den Beifahrersitz. Nach kurzer Fahrt hilft er ihr aus dem Wagen und legt sie sich mühelos, als wäre es eine Teppichrolle, über die Schulter.

Sie hat keine Ahnung, wo sie sind und wohin er mit ihr geht.

Nachts über Münster

Biel kann nicht schlafen. Er zieht sich an und geht raus, um eine Runde mit dem Rad durch die Nacht zu fahren. Eine halbe Stunde, dann wird er schlafen können.

Das nächtliche Münster ist verlassen. Hier ist früh Schluss. Spötter sagen, die in Münster stellen nach zehn Uhr abends die Häuser rein. Um Mitternacht ist kaum jemand auf den Straßen. Seine Runde geht um den Stadtkern vom Spiekerhof, Roggenmarkt, Drubbel, Prinzipalmarkt … Biel stutzt, ein schwarzer Porsche steht da. Wer fährt einen schwarzen Porsche? Er kommt nicht drauf.

-:-

Sie spürt kalten Wind. Sind sie also im Freien! Aber sie friert nicht, obwohl sie nur ihren Mantel an hat, nichts sonst.

Er stellt sie auf die bloßen Füße, der Boden ist kalt, nestelt an dem Band des Beutels rum und zieht den Beutel ab. Sie blickt aus einem Fenster in großer Höhe. Wenn dieses Ding vor dem Fenster nicht wäre, hätte sie einen tollen Ausblick … über Münster?

Endlich erkennt sie das Ding. Das ist einer der Käfige an der Lamberti Kirche. GEFAHR! Sie ist in ihre eigene Falle getappt. Nadja schreit so laut sie kann, aber hier oben? Sie will ins schmale

Treppenhaus, die Treppe runter, aber Günthner steht davor und ihre Hände sind gefesselt.

Er reißt ihr den Mantel runter, so, dass er in Fetzen geht, nur etwas Stoff ist noch da, wo die Hände zusammengebunden sind. Jetzt ist ihr doch kalt, so nackt oben im kalten Wind. Er umfasst sie, hebt sie auf die Fensterkante. Dann zieht er ein langes Messer heraus und schneidet ihr die Handfesseln auf.

„Steig in den Käfig oder du fliegst hier runter!", blafft er sie an. Er löst ihre Fesseln.

Nadja steht mit klappernden Zähnen im Fensterausschnitt. ‚Game over' denkt sie.

Sie zieht die Käfigtür zitternd auf.

„Schade Süße, aber DICH muss ich töten! Bei Klara war's ein Unfall. Sie mochte es, gefesselt zu werden und wenn ihr beim Sex Sauerstoff fehlte. Ich kannte ihren Wunsch, es mal hier oben zu tun und habe die Schlüssel bei Peters für sie geklaut. Als ich kam, hing sie gefesselt im Käfig, die Türken waren schon weg. Sie hatten sie einfach vergessen!

Ich passte nicht auch noch in den Käfig, deshalb hat sie sich meinen Schal umgebunden und mit den Zähnen selbst zugezogen. Immer wieder hat sie ihn kürzer gefasst, damit ihr die Luft wegblieb. Sie hatte mir den Rücken zugewandt und drückte sich damit gegen die Käfigtür. Ich stand auf der Fensterkante und zog sie heran. … Es war Wahnsinn für sie und für mich. Unbeschreiblich! Du wirst sehen! Das machen wir auch gleich. Freust du dich?

Wo war ich? Ach ja, es ging sehr schnell bei ihr. Sie hatte wohl den halben Schal im Mund. Als sie ruckartig nach Luft schnappte, muss sie sich den in die Luftröhre geatmet haben. Sofort begann sie zu röcheln. Ich versuchte sie aus dem Käfig zu kriegen, aber es ging nicht, jedenfalls nicht schnell genug. Sie war ja noch festgebunden.

Aber genug gequatscht, steige endlich rein! Los!"

Nadja steigt mit dem rechten Fuß in den Käfig. Sie erschrickt, denn das Ding schwingt vom Turm weg. Sie kann gerade noch den linken Fuß nachziehen.

„Soll ich dich auch an den Käfig fesseln?"

„Nein, Sie werden bald an eine Art Käfig gefesselt sein, Herr Günthner. Bleiben Sie, wo Sie sind! Hände hinter den Kopf! Meine Waffe ist auf Sie gerichtet."

Biel steht japsend hinter Günthner und drückt den rechten Zeigerfinger in dessen Rücken.

Nadjas Anspannung legt sich! Sie sinkt auf den Käfigboden und heult wie ein Schlosshund!

-:-

Bei Pinkus gibt es Deftiges zu essen. Nadja hat Biel eingeladen. Sie bietet ihm das Du an.

Das macht ihn verlegen und er lehnt ab! Er kann das nicht, sagt er!

Noch was Dummes, wo wir gerade dabei sind

Ihm rutschte der Mund-/Naseschutz immer tiefer. Es hatte was Obszönes, wie bei einem jungen Mädchen, das vor einem reifen Mann erst ihre Träger und dann nach und nach ihr Top sinken lässt, um ihre knospenden Brüstchen zu zeigen.

-:-

"Sie können sich also wirklich nicht daran erinnern, wie die Frau aussah, mit der Sie Oralverkehr hatten?" „Tut mir leid, ich hab sie nur von oben gesehen."

Wortsinn

Es gibt Worte, die einen ganz anderen oder auch einen doppelten Sinn bekommen haben. Ein Beispiel ist das Wort „geil". Bei den nächsten zwei Absätzen nehmen Sie bitte die Ihnen genehme Variante.

-:-

… 8, 7, 6, 5, 4, 3, 2, 1 Ich komme! Und dann kam sie. Mich törnte das immer ab, aber später beim zweiten, dritten Mal da kam ich auch.

-:-

„Und wie kriege ich jetzt den frischgefickten Ausdruck aus dem Gesicht?"

Absolution?

Pardon für alles!

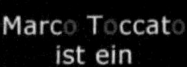

Marco Toccato
ist ein

Dortmunder Autor!

Da machen Sie nichts falsch!

Weitere Bücher von Marco Toccato

In der Reihenfolge ihrer Veröffentlichung.

Alle Bücher sind als Taschenbücher oder eBooks im Buchhandel bzw. bei epubli.de und den üblichen Quellen erhältlich:

[1]: „Amor Amaro und die tote Nachbarin"

bei http://www.epubli.de

ISBN: 978-3-7467-3810-9

Unter eigenartigen Umständen wird die regional bekannte Schriftstellerin und Möchtegernmalerin Loretta Leindeetz tot aufgefunden. Ist sie das Opfer eines Nachbarschaftsstreits, war es einer ihrer zahlreichen Feinde oder ging es um ihr Geld? Amor Amaro ermittelt, um seinem Freund Hans Kleinert zu helfen, der der Hauptverdächtige ist. Viele Erinnerungen an die gemeinsame Kindheit in den 50er und 60er Jahren des 20. Jahrhunderts und Bilder aus dem alten Kronenburg-Haufen erscheinen und nebenbei wird ein Mord in einem Vorort, der fiktiven Großstadt Kronenburg im Ruhrgebiet aufgeklärt.

[2]: „Amor Amaro beendet die diXXda© Verschwörung"

bei http://www.epubli.de

ISBN: 978-3-7467-1180-5

Der Kronenburger Software-Gigant Heiner Lurrwich ist tot! Pech, denn er hatte den Deal seines Lebens vor Augen. Wenigstens 1,5 Milliarden war Mark Zuckerberg bereit, ihm für sein neues Portal zu zahlen. Die Politik war guter Dinge, das Silicon Valley würde bald vom Digi-Tal, dem neuen Technologiezentrum Kronenburgs abgelöst.

Sex, Drugs and Crime! Sogar unserem Amor Amaro trachtet man nach dem Leben und zwei Leben werden in letzter Minute gerettet.

[3]: „Nur ein Traum im Traum? – Nura Draam in am Draam?"

bei http://www.BoD.de

ISBN: 978-3-7526-0746-8

Anton Kortner ist selbstständig und von seinem Geschäftspartner Fred Baldow abhängig, weil der ihm Aufträge verschafft. Nach vielen Jahren arbeiten beide zusammen an einem Projekt und beide harmonieren überhaupt nicht mehr miteinander. Es gibt Meinungsverschiedenheiten und Anton bangt um seine Existenz.

Doch Fred scheint einzulenken und lädt Anton mit Frau zu einem verlängerten Wochenende mit ihm und seiner Frau nach Wien ein. Anton kann nicht ablehnen, doch er hat große Befürchtungen. Fred und Frau frönen dem Partnertausch! Doch das weiß zwar Anton, aber nicht seine Frau.

In Wien folgen vier sehr schwierige, stressige Tage für Anton. Fred setzt ihn unter Druck, schon am ersten Abend. Werden seine Befürchtungen wahr? Er irrt durchs nächtliche Wien, oft in einem Taxi, das ein rätselhafter Taxler steuert. Und wenn er danach den Nachtportier trifft, zitiert der Gedichte von E. A. Poe auf Wienerisch!

Nebenbei lernen Leserin und Leser viele Plätze in Wien kennen und erfahren, wie man die Orte mit öffentlichen Verkehrsmitteln erreicht.

[4]: „Amor Amaro und die tote Domina"

bei http://www.epubli.de

ISBN: 978-3-7450-9105-2

Im Roten Herz, einem Saunaclub im Süden Kronenburgs steht das Wasser im Erdgeschoss einen Meter hoch, weil es einen Wasserrohrbruch gab. Ausgerechnet, als der Besitzer Borris Glatzow seinen 70. Geburtstag mit vielen Prominenten aus Kronenburg und Umgebung feiert – er zahlt viel Gewerbesteuer (im wahrsten Sinne).

Die Prominenz muss statt über einen roten Teppich, den Club über eine rote Feuerwehrleiter verlassen, so bekleidet oder auch nicht, wie sie von den Fluten erwischt wurden, manchmal nur in einem Badetuch. Es wimmelt von Presseleuten!

Mittendrin wird die Domina Shanaia Trepkow, Borris' bestes Pferd im Stall, entdeckt, tot und auf einem Andreaskreuz gefesselt, womit sie im Erdgeschoss herum schwimmt.

Amor wird von Glatzow beauftragt, den Fall schnell und vor allem diskret zu lösen. Jeder im Haus könnte der Mörder sein.

… und in diesem Buch findet Amor die Frau für's Leben. Marion Konnarke, eine tolle Frau!

[5]: „Amor Amaro – Das schwarze Bein im Porto Canale"

bei http://www.epubli.de

ISBN: 978-3-7450-8606-5

Anton, der Sohn von Hans Kleinert macht Urlaub an der Adria im pittoresken Örtchen Cesenatico. Beim Abendspaziergang mit seiner Frau und seinen drei kleinen Töchtern wird er Zeuge, als Fischer das Bein eines Schwarzafrikaners aus dem berühmten, von Leonardo Da Vinci entworfenen Hafen *Porto Canale* ziehen. Damit nicht genug findet Anton danach auf dem Hotelparkplatz im Kofferraum seines Autos den passenden Rumpf dazu.

Soll er zur Polizei gehen? Soll er *den Corpus Delicti* irgendwo deponieren? Wo? Wie, ohne gesehen zu werden?

Amor Amaro kommt ihm zur Hilfe, jedenfalls versucht er es. Jeder Entsorgungsversuch scheitert und es herrschen Temperaturen von gut 30°C. Seiner Familie sagt Anton nichts. Sie sollen unbeschwert Urlaub machen. Umso beschwerter wird der Urlaub für ihn.

Eine Mafia-Organisation ist beteiligt. Antons Frau und Amors große Liebe Marion sollen entführt werden …

Es gibt natürlich wieder leckere italienische Speisen und Rezepte. Das Strand- und gesellschaftliche Leben in den Sommermonaten bietet interessante Ereignisse und noch interessantere Menschen. Man kennt sich, amüsiert sich, tratscht über die Anderen und erfreut sich an Mahlzeiten, Aperitifs, Wein, Caffè an Abendveranstaltungen und am *dolce far niente*.

Auch wenn Amor anfangs misstrauisch ist, weil er, als Sizilianer in Norditalien ist, gefallen ihm die Menschen dort nach kurzer Irritation über die Maßen gut.

[6]: „Amor Amaro – Der Schrebergarten des Todes oder Neues von der Nachbarin"

bei http://www.epubli.de

ISBN: 978-3-7467-7641-5

Loretta Leindeetz war schon mal richtig tot, jedenfalls für Hans Kleinert (siehe „Amor Amaro und die tote Nachbarin" [1]). Die regional bekannte Schriftstellerin und Möchtegernmalerin ist Hans' Nachbarin. Nun wird sie ihm zur Wiedergängerin. Wikipedia sagt zu *„Wiedergänger"*:

> Der Kern des Wiedergänger-Mythologems ist die Vorstellung, dass Verstorbene - oft als körperliche Erscheinung – in die Welt der Lebenden zurückkehren („Untote„). Sie sind den Lebenden meist böse gesinnt und unheimlich. Sei es, weil sie sich für erlittenes Unrecht (z. B. Störung ihrer Totenruhe) rächen wollen; sei es, weil ihre Seele auf Grund ihres Lebenswandels nicht erlöst wurde.

Bei Loretta Leindeetz muss es Letzteres gewesen sein.

Weiter geht's mit den „nachbarschaftlichen" Mobbereien gegen Hans durch die Leindeetz und ihren Mann Dr. Volkhart Einfried.

Dazu noch ein Mordversuch an Heinz Konnarke, dem Mann von Amors großer Liebe und Amor ist diesmal selbst der Verdächtige!

Klingt verworren? Es klärt sich alles auf.

[7]: „SAUBER"

bei http://www.epubli.de

ISBN: 978-3-7485-8151-2

Im Kreuzviertel, dem hippen Wohn- und Kneipenviertel in Dortmund geht ein Serienmörder um. Zwei Frauen wurden nackt und tot an exakt derselben Stelle neben Bahngleisen gefunden. Beide wurden im wahrsten Sinne des Wortes bis aufs Blut gequält, so sehr, dass sie an den Schmerzen gestorben sein müssen.

Eine junge Kriminalbeamtin ist so traumatisiert, dass sie nicht mehr arbeiten kann und ausgerechnet sie scheint ebenfalls in die Hände des Mörders gefallen zu sein. Karin Kwiatkowski, Leiterin der Mordkommission Dortmund sucht sie und den Mörder unter Hochdruck.

[8]: „Ausgeträumt? – Aasdraamt?"

bei http://www.BoD.de

ISBN: 978-3-7519-9745-4

Das Buch „Nur ein Traum im Traum?" (Band 1 „Wiener Träume") beschrieb die Nöte des beratenden Ingenieurs Anton Kortner, dessen kleine Existenz auseinanderzufliegen droht. In „Ausgeträumt?" (Band 2 „Wiener Träume") ist es ein Jahr her, dass er mit einem blauen Auge aus Wien zurückgekehrt ist und gemeint hat, es ginge wieder bergauf. Doch es ist alles andere als gut. Seine Frau verlässt ihn. Er steuert zielsicher in einen Burnout und wirtschaftlich auf die Insolvenz zu.

Ein Auftrag fällt ihm wie vom Himmel zu und er kann in Wien arbeiten. Eigentlich ein Traum, der für ihn wahr wird, wenn da nicht die Ereignisse beim früheren Besuch gewesen wären und wenn davon nicht noch schmerzliche Rückstände in ihm bohren würden. Er will etwas wiedergutmachen und sucht das Grab einer Frau auf, Sissi, die gestorben ist, weil sie ihn gerettet hat. Er war in einen geheimen Kreis geraten, wo keine fremden Zeugen geduldet werden.

Nun zieht es ihn wieder in diesen Kreis und er trifft eine Frau, die in allem wie Sissi ist, Anna! Ein Mord geschieht und Anna wird entführt. Er muss sich wieder in diese geheime Gesellschaft begeben, wenn er Anna retten will.

Damit gerät Anton wieder in einen Strudel von Sex und Crime beziehungsweise Realität und Traum.

Ausgeträumt ist ein Traum nur, wenn er einen endgültig in Ruhe lässt, aber für Anton Kortner kehrt ein Albtraum immer wieder zurück und treibt ihn in Panik.